JN282403

恋《こい》煩《わずら》う夜《よ》降《くた》ちの手《て》遊《すさ》び

鈴木あみ

白泉社花丸文庫

遊廓言葉辞典

お職…………おしょく。その娼家の中で最も売れっ子の遊女。(大見世ではこの呼び方はしなかったようですが、本作ではこれで通してます)

妓楼主………妓楼（遊廓）の主人。オーナー。

清掻き………張り見世を開くとき弾かれる、歌を伴わない三味線曲。「みせすががき」とも。

引っ込み禿…遊女見習いの少女で、特に見込みのある者。芸事などを習わせ、将来売れっ子になるための準備をさせた。（本来、13～14歳までの少女たちであったようですが、本作では16歳までの禿扱いになっています）

遣り手………遊廓内の一切を取り仕切る役割の者。遊女上がりの者がなることが多かった。

恋煩う夜降ちの手遊び　もくじ

イラスト／樹要《いつきかなめ》

大門《おおもん》を一歩くぐると、外側とはまるで異なる煌《きら》びやかな世界が広がっていた。

（ここが吉原《よしわら》……）

仲の町通りは遊客で賑《にぎ》わい、着飾った娼婦《しょうふ》たちが彼らに纏《まと》わりつき、袖《そで》を引いている。鮮《あざ》やかな紅殻格子《べんがらごうし》の張《は》り見世《みせ》からは、美妓《びぎ》たちがやわらかく微笑《ほほえ》みかけてきて、うっかり足を止めれば、妓夫《ぎゆう》の声が降るようにかかる。

諏訪芳彦《すわよしひこ》は吉原の華《はな》やかさに、少なからず戸惑《とまど》いを覚えていた。

色事《いろごと》の経験はおそらく豊富なほうとはいえ、相手はほぼ素人《しろうと》の女性に限られ、色街へ足を踏み入れたのは、今夜がほとんど初めてだったのだ。


――ご無沙汰《ぶさた》しておりますが、いかがお過ごしでしょうか

諏訪がそんな手紙を受け取ったのは、つい先日のことだった。

――このたびの選挙では初当選なされたとの由《よし》、風の便りに聞きました。ご活躍、心よりお祝い申し上げます。

こちらはようやく新しい生活にも慣れてきたところです。ぜひ一度、見世におはこびくださいますよう、お誘い申し上げます――

香《こう》を焚《た》きしめた風《ふう》雅《が》な薄紫の和紙に、どこか艶《つや》めいた流麗《りゅうれい》な毛筆で、差出人の名前は「花降楼《はなふりろう》、藤野《ふじの》」

(花降楼って……)

その遊廓《ゆうかく》の名に覚えがあったのは、政治家のあいだでは知る人ぞ知る、有名な大見世《おおみせ》の名前だったからだ。オーナーはやんごとない素性《すじょう》の人物とも囁かれ、見世の妓《こ》たちは一流の美妓揃い。男専門の廓《くるわ》という特殊性から人を選ぶが、そこで接待されるようになれば一人前とさえ言われる。

そんな見世の傾城《けいせい》から、何故自分に手紙がくるのか。

藤野という源氏名《げんじな》には、心当たりはなかった。

誰かがこういうお膳立《ぜんだ》てをして、自分を接待しようとしているのだろうか。だが、タレント議員的な知名度はあるとはいえ、まだ当選一期目の身の上に、そこまでしようとする者がいるかどうか疑問だった。

もしくは将《しょう》を射《い》んとせばまず馬を射よという理屈で、諏訪を籠絡《ろうらく》することで、大臣を務《つと》める父親に取り入りたいのか。

(それともただの人違いか……もしくは罠《わな》?)

罠にしては、政治家が大見世に登楼《とうろう》した程度では、醜聞《しゅうぶん》にはなりにくいけれども。

多少の疑いを残しながらも足を運ぶ気になったのは、謎の真相を知りたかったからだ。決して好き心に誘われたわけではない。そもそも同性を恋愛対象にしたことはなかったのだ。――とはいえ、誘いをかけてきたのはどんな美妓だろうかと、好奇心が疼《うず》かなかったと言えば嘘になる。

あとから思えば、本能は何かしらの予感を感じていたのかもしれない。

くだんの花降楼は、建ち並ぶ見世の中でも、一際《ひときわ》華やかな構えを見せていた。

諏訪は紅殻格子の前に立ち、感嘆とともに張り見世を見上げる。

中に座る娼妓《しょうぎ》たちは、他の見世の妓たちとは一段違うほどの美しさだった。それぞれに豪奢《ごうしゃ》な仕掛けを纏《まと》い、艶《あで》やかに着飾って、格子を通してみるためか、浮き世とは、少し次元が異なるような感じさえした。男に興味がなくても、接待されればその気になる――そう囁かれるのも頷《うなず》ける気がした。

(……この中に、「藤野」が……?)

見知った顔は見あたらず、諏訪は首を傾《かし》げる。

「芳彦さん……?」

名を呼ばれたのは、そのときだった。

どきりと心臓が鳴った。

声のしたほうへ視線を落とせば、紅殻格子にしなだれるように座る、傾城の婀娜《あだ》な姿があった。今、ちょうど張り見世へ戻ってきたところか、着付けはやや乱れ、大きく刳《く》った襟《えり》から目に痛いほど艶めいた白い肩が覗《のぞ》く。

（……これはまた……）

綺麗《きれい》な妓だ、と諏訪は思った。好みの妓だからそう見えたのかもしれないが、格子の向こうにいるどの妓よりも綺麗——というか、色っぽい。見ているだけでぞくりとしてくるほどだった。

諏訪はその匂《にお》やかな白い顔をじっと見つめる。声をかけてきたということは、この妓が手紙の主なのだろうか。けれど面差《おもざ》しに覚えはなかった。

「……きみが藤野……？」

呼びかけると、薄紅《うすあか》い唇の端《はし》がきゅっと上がった。

「おひさしぶりです」

「え……っ？」

「薄情だこと。俺のこと、覚えてませんか？」

微笑みかけられ、諏訪は狼狽《うろた》えた。

「眞琴《まこと》です」

「眞琴……？」

傾城の名乗りを聞いて、記憶の底からふわりと蘇《よみがえ》ってくる面影がある。

「——眞琴、って……え……!?」

諏訪は改めてその顔を見つめた。

（眞琴）

呆然《ぼうぜん》と名前を口の中で繰り返す。

諏訪の中での「眞琴」は、まだほんの子供だったからだ。けれど最後に会ってから、七八年はたっている。これくらいに育っていても当然ではあった。

（……にしても……、あれがこうなる!?）

あの頃の眞琴はただの中学生の男の子で、当たり前だが、妖艶《ようえん》さの欠片《かけら》も持ちあわせてはいなかった。棒のような手足に、髪もぼさぼさと短くて、目鼻立ちは整っていたとは思うが、可愛らしく素朴な感じで子供っぽかった。

「……本当に、眞琴なのか……？」

「ええ。来てくださるとは思いませんでしたよ。しかも、こんなに早く」

嬉しい、と眞琴は囁いた。

白磁《はくじ》の肌に、薄紅の唇。弧《こ》を描《えが》いて吊《つ》った眉《まゆ》の下には、長い睫《まつ》毛《げ》に縁《ふち》取《ど》られた、筆で引いたような切れ長の瞳。緑なす黒髪は華奢《きゃしゃ》な肩に纏わりつき、大きく刳った緋《ひ》襦《じゅ》袢《ばん》から覗く肌は透《す》けるように艶《なま》めかしい。

あの子供が、何故こんな——まるで白蛇《はくじゃ》のような姿に育っているのだろう。まだ諏訪は納得できていない。

紅殻格子の向こうで、眞琴は微笑した。

「おまえ、どうして」

諏訪は問いかけようと唇を開く。

「お客様」

妓夫に声をかけられたのは、そのときだった。


今から二十数年前、売春防止法が廃止《はいし》され、一等赤線地区が復活した。昔ながらの遊廓や高級娼館等が再建され、吉原はかつての遊里《ゆうり》としての姿を取り戻している。

1

話はしばらく前のある夜更けに遡《さかのぼ》る。

眞琴——藤野はその夜、最初の客を返したあと、左右の部屋から漏《も》れ聞こえる嬌声《きょうせい》を肴《さかな》に、自分の本部屋でごろごろと本を読んでいた。

本来なら空《あ》き時間ができれば、もう一度張り見世に出て、客を引かなければならない。だがもうだいぶ遅い時間だし、黙っていれば、さぼってもわからないと踏んだのだ。こういうことは、これまでにも何度もあったのだけれど。

「……藤野」

襖《ふすま》の向こうからふいに呼びかけられ、藤野はびくりと肌をそそけ立たせた。今夜はいつものようにはいかないらしい。遣《や》り手として見世を取り仕切る鷹村《たかむら》の声だった。

「入りますよ」

藤野が起き上がるより早く、襖が開く。鷹村は鋭《するど》い目で室内を見回した。

「……お客様はどちらに？」

「今、手水《ちょうず》へ……」

一応ごまかそうとしてみたが、見え透いた嘘はすぐに見抜かれてしまう。

「……藤野」

鷹村はため息をついた。

「お客様が帰られたのなら、張り見世に出て、次のお客様を待ちなさいといつも言っているでしょう」

「……」

「藤野」

「……こんな時間に張り見世にいたら、お茶を挽《ひ》いてると思われるじゃないですか。傾城としての価値を下げることになります」

「挽いているんだからしかたがないでしょう、実際に。まったく……一本立ちしてから何年にもなるというのに、そもそもあなたには、馴染《なじ》みが少なすぎます。真面目にやればお客様がつかないわけでもないんだから、少しは増やす努力をしたらどうなんです」

今までにも何度もされてきた、鷹村の説教だった。この頃では彼も、何を言い訳してもごまかされてはくれない。

耳にタコができるような思いで、藤野はため息をついた。

「俺よりまともに働かない妓だっているでしょう」

口答えすれば、言いたいことを察した鷹村のこめかみに、ぴくりと青筋が立つ。藤野は続けた。

「蜻蛉《かげろう》はどうなるんです？　あの妓は特別扱いですか」

蜻蛉とは、同じ花降楼の中でも、藤野どころではなく客を選《え》り好《ごの》みしている傾城だった。特に何をされたわけでもないが、お姫様——などと綽名《あだな》をつけられてお高くとまっているこの同僚のことが、藤野はあまり好きではなかった。

鷹村は冷たい声で言った。

「あの妓もちゃんと叱っていますよ。それに、あなたとあの妓とでは、番付が違いますからね」

鷹村のその答えに、藤野はますます不愉快《ふゆかい》になる。

だがそれを言われると、ぐうの音《ね》も出なかった。

たしかに蜻蛉は、それだけ客を振っているにもかかわらず、しょっちゅうお職を張るほどの売り上げを誇《ほこ》ってもいたのだ。

その理由は、彼の人形のように美しい顔にある。顔だけと言ってもいいくらいだが、それだけに突出しているのだ。

藤野も美貌《びぼう》には自信があるが、それだけが売りというわけでもなく、娼妓がやるべきことは一通りこなせるし、客を振ると言ってもあそこまで極端なことはしないしできない。要するに、大見世の傾城としてある意味「ふつう」なのだと自覚していた。

「とにかく、遊ばせておくわけにはいきませんよ。さっさと張り見世に戻りなさい」

鷹村は言い置いて、部屋を出て行った。

(やれやれ……)

しかたなく、藤野は重い腰を上げる。

(……別に仕事がそれほど嫌いというわけじゃないけど)

色子たちの中には、どうしてもこの仕事と性《しょう》が合わない者もいる。蜻蛉などもおそらくはその一人なのだろうが、藤野自身はといえば、そういうわけではなかった。客あしらいは得意で苦にもならないし、仕事だと思えば、男と床を共にすることも我慢できる。食うや食わずの貧乏《びんぼう》よりはましだと思う。

(ただ、相手にもよるだけで)

割り切れる相手と、割り切れない相手がいるのだった。しかも割り切れない相手のほうが多いために、結果として多くの客を振ることになる。そして、

——気に入った相手と寝るだけなら「仕事をしている」ことにはならないでしょう

などと鷹村に叱られるはめになるのだった。

「よ、藤野」

そんなことを考えながら、ため息をついたときだった。ふいに声をかけられ、藤野は顔を挙《あ》げた。

「綺蝶《きちょう》……」

本来なら和装に似合うはずもない色素の薄い髪と瞳が、何故だか上手く調和して、傾いた感じの色気を醸《かも》し出している。蜻蛉とお職を争い、双璧《そうへき》とも呼ばれている同僚の傾城だった。

「これから張り見世？　精が出るねえ」

楽しげな笑みを浮かべて揶揄ってくる。

「好きで出るわけじゃありませんが」

「ま、そりゃそうか」

蜻蛉もむかつくが、この綺蝶も藤野から見れば不可解な存在だった。既《すで》に大手《おおで》を振って出ていける身分になっているのに、ぎりぎりまで見世にいて、客を取っているなんて。

——お客様にはきちんと挨拶《あいさつ》しておきたいし
というのはわからないでもないけれども。

蜻蛉とは犬猿《けんえん》の仲と呼ばれ、長い確執《かくしつ》があるようだが、それももうじき綺蝶が吉原を出て行くことによって終わりを告げるのだろうか。あまり個人的なかかわりはなかったとはいえ、花降楼一の華やかな傾城の姿が見世から消えることに、一抹《いちまつ》の寂しさを覚えないこともない。

（まあ関係ないことだけど）

「俺は仕事、嫌いじゃないしね」

そんな考えが顔に出ていたのか、綺蝶は言った。

「でも、おまえは好きじゃないみたいだよな」

「別に嫌いってわけじゃ……。ただ、相手によってはどうしても気乗りしないだけで」

「へえ……？」

綺蝶は軽く眉を上げた。

「俺にはむしろ、相手によっては気乗りする……ってふうに見えるけど？」

「？　同じことでしょう？」

「さあ？　似て非なるものかもよ？」

意味がわからず、苛々と首を捻《ひね》る藤野に、綺蝶は続けた。

「もうすぐここを出て行く身として、最後の置き土産《みやげ》にアドバイスさせてもらおうと思うんだけどさ。……おまえさあ、営業してみたら？」

「営業？」

紋日などに、馴染み客に手紙を書いて呼ぶことか。その程度のことは、言われるまでもなくやっている。

「そうじゃなくてさ」

だが、綺蝶は言った。

「娑婆《しゃば》にいた頃の知り合いにだよ。おまえ、老舗《しにせ》の呉服屋の子だったんだって？　大見世に登楼《あが》れそうな男の一人や二人、心当たりがあるんじゃねーの？」

「は……昔の知り合いなんて、今さら会いたくない筆頭《ひっとう》でしょう」

「そ？」

「そりゃあそうでしょう」

奈落《ならく》に身を落とした姿を見られることに、屈辱《くつじょく》を感じないわけはない。

「自分が上がれるからって、脳味噌腐《くさ》ってんじゃないですか」

「ひどい言われよう。職業に貴賤《きせん》はないって言うじゃん。仕事だと思って割り切れない？」

あんたくらい割り切れる男もめずらしいでしょうよ――と、藤野は胸の中で悪態をつく。

綺蝶が何を言いたいのか、よくわからなかった。

「割り切れないって言うより、いくら金を積んでもらっても、昔の知り合いなんかと寝たくないでしょう、普通は」

「へえ。そうかな……？」

綺蝶は意味ありげな微笑を浮かべる。何の含《ふく》みがあるのかと、藤野は眉を寄せ、綺蝶の顔を見つめた。

「でも……」

と、綺蝶は言った。

「大見世は、色を売るだけの場所じゃないと思うけど？」

＊

諏訪が眞琴に初めて出会ったのは、母親に運転手がわりに使われ、つきあわされた、彼女の贔屓《ひいき》の呉服屋《ごふくや》「葛屋《かずらや》」でのことだった。

眞琴のことは、実子《じっし》のない主人夫婦が店を継《つ》がせるために、遠縁《とおえん》から引き取った養子だと聞いた。

学校のないときには店にいることが多く、諏訪は母親と訪れるたび、やがて眞琴と他愛《たわい》もない話をしたり、碁《ご》を打ったりして暇《ひま》をつぶすようになった。女性のいつまでも決まらない着物の見立てにつきあうよりは、眞琴を揶揄《からか》っているほうが諏訪としても楽しかったからだ。

ただそれだけだった眞琴や葛屋との関係が、少し違ったものになったのは、知り合って半年もした頃のことだっただろうか。店の外で、眞琴とばったり会ったのだ。

妙齢《みょうれい》の女性を連れていた諏訪に、眞琴は耳打ちしてきた。

——一昨日《おととい》ご一緒だったお嬢様《じょう》とは、違うかたのようですけど？

別の娘とのデートを見られていたらしい。二股《ふたまた》を指摘され、

——でも、どちらも素敵なかたですよね。着物が、とてもよく似合いそう
ばらされたくなければ葛屋につれてこい、と暗《あん》に仄《ほの》めかされて、諏訪は開《あ》いた口がふさがらなかった。

店にいるときの眞琴は、どうやら猫を被っていたらしい。それまではてっきり、自分を慕ってくれる素直ないい子だと思っていた。そう——そのおとなしさはやや不自然にさえ思えるほどで、諏訪は仮面を剥《は》がそうと、あれこれ試してみたりもしたのだったけれど。

(まあ、たしかに自然ではなかったわけだ)

あとから考えれば、このとき既《すで》に葛屋は傾《かたむ》きかけていて、眞琴は眞琴で少しでも売り上げに貢献《こうけん》しようと必死だったのかもしれない。

諏訪としては、片方の女性からもう片方の女性への、いわば移行期とでもいうべき時期だっただけで、二股として責められるようなことではない——と言いたかったが、それでもやはり暴露《ばくろ》されれば具合の悪いことには違いなかった。

ともあれ、諏訪はしかたなく、彼女たちをそれぞれ葛屋へつれていき、着物を誂《あつら》えてやるはめになったのだ。

そしてそれ以来、新しい恋人ができるたびにそうするのが約束事のようになっていった。

果たして何故、自分がそこまでしなければならなかったのかは、よく思い出せないのだけれど。

(それでも……)

なんとも理不尽《りふじん》に思いながらも、諏訪は不思議とそんな習慣が、あまり嫌ではなかったのだ。それを境によく喋るようになり、諏訪に対してややぞんざいになった眞琴のことも、それなりに可愛く思っていた。

そんな日々は、数年続いた。

葛屋が倒産し、主人の一家が離散してしまうまで。

(あれから六年——)

花降楼で再会してからは、一週間が過ぎていた。実際に眞琴とゆっくり対面できる日まで、それだけの日数がかかった。

だがこれでも、「藤野」の直接の知り合いということで、紹介者を通さずに済んだだけ、簡略化されてはいるらしい。

(こんなにもったいぶったところだとは知らなかった)

遊廓で最初に登楼することを初会《しょかい》、二度目を裏を返すと言う。

ここまでは、花代を払っても、傾城と寝ることはおろか、話をすることさえできない。敵娼《あいかた》は上座《かみざ》に座っているだけで、微笑さえしないのだ。三回通ってようやく「馴染み」と認められ、傾城と同衾《どうきん》することをゆるされる。

（……っていうか、別に眞琴と寝ようなんて思ってるわけじゃないんだが）

いくら娼妓と客という立場で再会したとは言っても、眞琴は弟のようなものなのだ。

ただ、どうして吉原などにいるのか、何故手紙を寄越《よこ》したのか、きちんと話をしたかった。そしてそのうえで、この場所から連れ出してやらなければならない。

見世の遣り手や禿《かむろ》たちに導《みちび》かれ、二階の中ほどにある眞琴の部屋——本部屋と呼ぶらしい。そこへ向かい、長い廊下を進む。

禿たちの手で襖を開かれれば、焚《た》かれているのは白檀《びゃくだん》だろうか。それにしてはやや甘い匂いに包まれて、紅い三つ重ねの褥《しとね》の傍《そば》に彼が待っていた。

（眞琴……）

行燈《あんどん》の淡《あわ》い灯《あか》りに照らされて、白い顔に伏せた長い睫毛が影をつくる。その姿は艶めかしく、初会や裏で逢ったときよりも更に美しく見えて、胸を突かれた。子供の頃に知っていた眞琴とは、まるで別人のようだ。

「諏訪様」

遣り手の鷹村に声をかけられ、諏訪ははっと我《われ》に返った。

いつのまにか見惚《みと》れて、呆然と立ち尽くしていたのだった。眞琴が微《かす》かに笑ったように見えた。

促《うなが》されるまま中へ入り、金屏風《きんびょうぶ》を背に眞琴と並んで座る。近くで見ても瑕《きず》の見えない顔からは、何を考えているのかまるで窺《うかが》えなかった。

盃《さかずき》を渡され、三々九度《さんさんくど》を交わす。馴染みとなる儀式だった。

見世の者たちが部屋を出て行けば、諏訪は眞琴と二人きりになった。

言葉が出てこない諏訪に、眞琴のほうから微笑みかけてきた。

「改めて、おひさしぶりです」

「……っ、おまえなあ……」

やっと、声が出た。

「おひさしぶりです、じゃないだろ……！　俺がどれだけびっくりしたと思ってるんだよ!?」

「そんなに驚きました？」

怒鳴りつけても、眞琴はしれっと返してくる。

「当たり前だろ……！」

悪びれないようすに、諏訪は深く吐息《といき》をついた。

「……ま、元気そうなのには安心したけど」

「そちらこそ。お元気で何よりです」

「で？　……聞かせてくれるんだろ、なんでこんなところにいるのか」

「他人の職場を『こんなところ』はひどいんじゃないですか？」

「職場って、おまえ」

遊廓が？　という問いかけを、諏訪は飲み込む。

「……聞くまでもないとは思いますけどね」

眞琴は諏訪の盃に酒を注《つ》ぎながら、呉服屋が潰《つぶ》れてからのことを語りはじめた。

「お気づきだったかもしれませんけど、諏訪の奥様がご贔屓にしてくださった頃には、葛屋はもうずいぶんと傾いていたんです。それがついに倒産して……店は銀行以外にも、悪い筋からもずいぶん借金があったんですよ。……馬鹿ですよね。そこまで抜き差しならないことになる前に店を畳んでいれば、何もかもなくすことはなかったでしょうに、老舗の看板にこだわって。……それで、逃げるに逃げられず……」

芝居がかって袖口《そでぐち》で目許《めもと》を押さえてみせる。

「でも、おまえは養子だったんだろう？　だったら……」

「縁組を解消してもらえば、見逃してもらえたかもしれませんね。でも行くところもなかったし……俺がおとなしく言うことをきけば、そこの筋からの借金は帳消しにしてくれるって言うんだから」

　つまり藤野は、養父母をたすけるために、敢《あ》えて逃げなかったということか。それとも、葛屋夫妻が逃がさなかったか。

「十五で売られて、十八で一本立ち。今三年目になります。……まあ、特にめずらしいことでもないでしょう、借金の形《かた》に身を売るなんて話は。臓器を売られるとかにくらべたら、ずいぶん運がよかったんじゃないですか？　しかもこの美貌のおかげで大見世に買われて、けっこういい暮らしもさせてもらってるし」

　たしかに、さほどめずらしい話ではなかった。それに奈落《ならく》と呼ばれこそすれ、花降楼は吉原でも屈指《くっし》の大見世だ。河岸《かし》見世や場末の岡場所などに落ちるよりは、だいぶましだとは言えただろう。

　けれど、それでいいなんてことがあるだろうか。大見世とは言っても、春をひさがなければならないことに変わりはないのに。

「こんなことになってるなんて知らなかった」

「そりゃあそうでしょうね」

「知ってたら」

「知ってたら？」

「そりゃ、もっと早く連れ出してたに決まってるだろ……！」

「連れ出す……？」

「放っておくわけにはいかないだろ。ともかく明日にでも見世に話をして、一日も早く――」

言いかけてふと口を噤《つぐ》んだのは、眞琴が切れ長の瞳をまるくなるほど大きく見開いて、諏訪を見つめていたからだ。

「……身請《みう》けしてくださるってことですか」

「身請け？」

耳慣れない言葉に、つい問い返す。

「ああ、そういうことになるのか」

廓から連れ出す、ということは。

ふいに、眞琴が笑い出した。

「――なんだよ？」

諏訪は眉を寄せる。

「何を言い出すかと思ったら。あんまり真面目におっしゃるから、真に受けるところでした」

「真面目に言ってるんだけどな」

「ほんと、誰にでもいい顔をしたがるんだから」

「なんだって？」

「いいえ。こっちの話」

眞琴はため息をつき、顔を上げた。諏訪にきつい視線を向けてくる。

「身請けって、どういうことだかわかってるんですか？」

「娼妓を見世から請け出すってことだろ？」

わかってないな、と眞琴は呟《つぶや》いた。

「落籍《ひか》せて囲うってことですよ。……俺のこと、一生面倒みたいほど愛してる、とかじゃないでしょうが。身請けっていうのは、そういう人が申し出るものです」

「そりゃ……」

たしかに、眞琴に対してそんな愛情を抱いているわけではないけれども。

「でも、みたっていいし……」

「こっちがごめんです」

眞琴は、諏訪の申し出をばっさりと切り捨てた。

「身請けには、こっちにもそれなりの覚悟がいるんです。一生を預けてもいいっていうね。正直なところ、あなたに囲われるなんてたちの悪い冗談としか思えないんですよね。論外っていうか？」

あまりの言われように、諏訪は憮然《ぶぜん》とした。遠慮も何もあったものではない。昔はもっとてらいがあった。言いたいことを言っても、少しだけこっちの反応を気にしているような。

「そりゃ……俺だって、別にそんなつもりじゃないけど」

吉原から出してやらなければとは思っても、囲うなどとは考えてもいなかった。というより、請け出したあとのことまでは考えていなかったというべきか。

「でもそういう言いかたはないだろ」

「いい加減な気持ちで言われても、却《かえ》って迷惑《めいわく》だって言ってるんです」

眞琴は諏訪の厚意《こうい》を拒《こば》み、それどころか迷惑がる。諏訪は戸惑いと憤《いきどお》りを覚えずにはいられなかった。眞琴の言うようなものとは違うが、できる限り力になるつもりではあったし、いい加減な気持ちで申し出たつもりはないのに。

「おまえね……俺は」

だが、抗議しかけた途端《とたん》、眞琴は噴《ふ》き出した。

「何だよ？　人が真面目に」

「いいえ、ただ……そもそも身請けにいったいいくらかかるか、ご存じなのかと思って。まだ見世に借金だって残ってるし、議員さんになったとはいえ、まだぺーぺーのあなたに払えるような額かどうか。十年早いんじゃないですか？　ま、十年たったら俺の年季《ねんき》のほうが明けてしまいますけどね」

そう言って、眞琴はころころと笑った。

暴言ともいうべき科白《せりふ》に、頭に来ないわけがなかった。なのに諏訪はつい、笑み顔の美しさにごまかされそうになってしまう。それどころか、空気が軽くなったことにほっとしさえして。

「おまえなあ……馬鹿にしてんのか」

「おや、払えるんですか？」

「金のことなら、おまえが心配しなくてもどうにでもするさ」

「……ま、払えたとしても」

眞琴はやわらかな笑みのまま目を伏せる。

「今日馴染みになったばかりのかたに、そこまで甘えるわけにはいきません。いくら昔の知り合いとは言っても、俺たちそれほどの仲じゃなかったたし、ただより高価いものはない、って言いますから」

ぴしゃりとした拒絶が、何故だか胸に痛かった。そういう筋合《すじあ》いじゃない——たしかにそのとおりかもしれなかったのだが。

「それに第一、別に違法なことやってるわけじゃないし、稼《かせ》げる仕事でもありますしね。仕事として割り切って、きちんと務《つと》めてるつもりだし、特にここを出たいとも思ってないんです」

ま、もし出たいと思ってたとしてもあなたには頼みませんけどね、と付け加える。

「ああ、そ」

「……でも」

と、眞琴は言った。

「お気持ちだけ、ありがたく受け取っておきますよ。ありがとうございます」

小さく頭を下げる。

「……」

諏訪はますます憮然として、盃を呷《あお》った。

空《から》になるたび、眞琴が白い手で酌《しゃく》をしてくれる。腹立たしく思いながらも、諏訪はついその手に吸い寄せられていた。あの頃の眞琴は、こんなにきめ細《こま》やかな手をしていただろうか。……いや、碁石《ごいし》を挟《はさ》んでいた手は、もっとまるくて可愛らしいものだった。

何故眞琴が平気で娼妓を続けることを選ぶのか、諏訪にはわからなかった。大勢の男に、割り切って抱かれるなどということが、どうしてできるのだろう。

「……じゃあ、どうして手紙なんか寄越したんだよ？」

「え？」

「ここから出たいからじゃなかったのか？」

眞琴の手紙には、そんなことはひとことも書かれてはいなかった。けれども諏訪は、眞琴がたすけを求めているからこそ、手紙をくれたのかもしれないと思ったのだ。彼の言うとおり、もともとさほど近い仲ではなかったかもしれないが、それでも自分を選んでくれたのだと思った。

「……は？」

けれど眞琴は、きょとんと目を見開き、首を傾げる。そんな表情もまた傾城として計算されたものなのだろうか。わざとらしいくらいに可愛らしい。

「……そんなこと、なんで思いついたんです？」

「なんでって」

「ここから出してもらうためなら、もっと前に手紙を書いてたはずだと思いません？　水《み》揚《あ》げから三年もたってからじゃなくて」

言われてみれば、それもまたそのとおりだった。

（……くそ）

心配した自分が、馬鹿みたいに思えた。けれども眞琴の境遇が、どうしても逃げ出したいと願うほどひどいものではなかったとするなら、むしろよかったと思うべきなのだろうか。

（病気の子供はいなかったんだ、って？）

諏訪はまた盃を呷った。

「だったら、あの手紙は何だったんだよ？」

「そりゃあもちろん……」

眞琴の目がすっと細められる。白い指が諏訪の喉《のど》へ伸び、軽く擽《くすぐ》った。

「俺のお客様になっていただくためです。……つまり営業ってこと」

「営業……!?」

今度はこっちが呆然とする番だった。

「営業って、ただの営業かよ……!?」

「大見世に登楼れるような人は限られているでしょう。いくら美貌があってもこの商売、お客様を増やすのは大変なんです。で……とりあえず昔の知り合いの中で、お金を持ってそうな人たちに手紙を書いてみた、というわけ」

あっけらかんと眞琴は言った。

その軽さに拍子《ひょうし》抜《ぬ》けした。けっこう真剣に考えてここへ来たのに――と思わずにはいられない。

そして呆《あき》れると同時にひっかかったのは、

「人……『たち』？」

そこだった。

「ええ。今は貧乏でも将来は出世しそうな人も含めて、何人か。すぐにとはいかなくても、何度か手紙を出していれば、心に留《と》まることもあるかと思って」

勿論《もちろん》、という口振りで、眞琴は言った。

「自分だけだと思ってました？」

「別にぃ？」

眞琴は喉で笑った。

「ちなみにあなたは議員さんとは言ってもまだ若いし、あんまり期待してなかったんですけどね。でもいずれは偉くなるかもしれないし、将来性に期待ってことで。まさかこんなすぐに飛んできてもらえるとは思いませんでしたよ？　さすがに、好き者ですよね」

好き心で来たというわけでもないのだと弁明しようとしたが、いかんせん証拠がない。手紙の名を見ただけで眞琴のものだと察したわけでもない以上、理解を得られるとは思えなかった。

「悪かったたな」

とでも答えるしかない。

「いえいえ。ただ、二年半で十人とつきあっただけのことはあると感心しているだけですから」

その数字を聞いても、諏訪はすぐにはぴんと来なかった。少し考えてようやく、たしかにそのくらいの女性を葛屋に連れていったかもしれない、と納得する。そこまでいく前に別れた短期間の相手を入れると、実際にはもっといくかもしれない。

「数えてたのかよ。……にしても、よく覚えてたな、何年も前のことなのに」

「……っ」

深く考えずに口にした科白だった。

けれど一瞬、今まで立て板に水のように淀《よど》みなく言葉を連ねていた眞琴が、ふいに口を噤《つぐ》んだ。

(え……?)

少しだけ昔の眞琴に戻ったような違和感に覗き込めば、眞琴は顔を逸《そ》らす。行灯の淡い灯りの中に、薄赤く横顔が照らされる。

「……呆れたから覚えてたんです。そんなお客様、あなただけでしたから」

やがて眞琴は、涼《すず》しい顔で可愛くない答えを返してきた。一瞬、狼狽《ろうばい》したように見えたのは、灯りの加減だったのだろうか。

「……ま、野暮《やぼ》な話はこれくらいにして」

と、彼は言った。

白い手が、太腿《ふともも》に乗せられる。

「登楼していただいたからには逃がしませんよ。お客様になってもらわないと」

「はは……本気で言ってんの?」

「勿論です」

眞琴は頷いた。

諏訪自身はといえば、身請け後のことと同様、登楼したあとの行為のことなど考えてもいなかった。ただどういうことなのか聞きたくて、たすけを求めているならなんとかしてやりたくて、それだけで来てしまったのだ。本当に客になれと言われるなんて、想定外のことだった。

（――眞琴を抱く？）

想像すれば、動揺せずにはいられなかった。

再会する前、最後に会ったのは、彼がまだせいぜい十代の半ばあたりの頃だったのだ。性的な目でなど見たことはなかった――少なくともなかったつもりだった。手を出すとか出さないとかいう対象ではなかった。

そしてそれは勿論、眞琴のほうも同じだっただろう。

「……おまえは、誰とでも寝られるのかよ」

「誰とでも、か……」

眞琴は目を伏せた。

「眞琴……？」

「そういうわけでもないですよ。大見世の傾城には、ある程度なら客を振ることがゆるされているし、本当に嫌な相手なら断ります」

「じゃあ、俺は？」

「嫌な相手ではないですよ。気心は知れてるし、俳優さんみたいで見た目も素敵ですよ？」

眞琴はさらりと煽《おだ》ててみせた。

「そりゃどうも」

「今さら男がだめだとは言いませんよね。ああいう手紙でおびき出されて来たんだから、その気がなかったとは言わせませんよ」

「いや、それはね……」

女の子は好きで、眞琴に揶揄われるとおりずいぶん遊びもしたが、諏訪には男との経験はない。抵抗があるというより、考えたことがなかった。知る人ぞ知る「花降楼」の名に好奇心を抱かなかったといえば嘘になるけれども、吉原へ来たのは謎の答えを知りたかったからで、男と寝たいと思ったからではないのだ。

それをどう説明しようかと思う。

その瞬間、開きかけた唇が、ふいに奪われた。

「……っ」

やわらかいものが軽くふれて啄《ついば》み、すぐに離れた。

眞琴はじっと諏訪の瞳を覗き込んでくる。諏訪はどぎまぎとその黒い瞳から目を逸らした。

「気持ち悪いですか？」

「え、いや」

「俺とじゃ無理ですか……？」

「いや、無理っていうか」

「見た目はけっこう好みなんじゃないかと思いますけど……？」

そう――あの頃は、そういう相手として考えたこともなかった。けど、今は。

なまめかしく、綺麗になったと思う。正直、同じ生き物だとは思えないくらいなのだ。

「……まあね」

観念して答えれば、にこりと眞琴は微笑んだ。

「昔からこういう感じの人が多かったですよね」

「あ？　ああ……そういえば」

指摘され、諏訪はようやくそのことに思い至った。綺麗な黒髪で肌の白い、切れ長の瞳でどこか妖《あや》しい……つきあうのは、言われてみればそんな相手が多かったのだ。歴代の諏訪の恋人を知っている眞琴には、お見通しというところだろうか。

今の眞琴は、諏訪の好みの外見をしている。こんなにも目も綾《あや》に映るのは、それを考えれば当然なのかもしれなかった。

「じゃあ、中味は？」

「中味？」

「どんな性格のかたが好みなんです？」

「って急に言われてもね」

惹《ひ》かれるには一定の傾向があるのだろうが、あまり意識したことはない。首を捻《ひね》りながら、思いつきを諏訪は答える。

「たとえば、昼は淑女《しゅくじょ》、夜は娼婦、みたいな？」

「それはまたベタな……」

適当な返答に、呆れたように眞琴は言った。

「あのお嬢様がたはそうだったんですか？」

「さあ、どうかな」

「わかりました。だったら、それでいきましょ」

「それで、って」

どういう意味なのかと問えば、眞琴は微笑を浮かべた。

「……俺とゲームをしませんか？」

「ゲーム……？」

「そう。……廓――特に大見世はね、色を売るだけのところじゃないんですよ。他に何を売るのか……わかります？」

唐突な問いに、諏訪は首を振った。こういう場所で、肉体以外の何を売るのか、見当もつかなかった。

「大見世では、恋を売るんです」

眞琴はあっさりと、答えを教えてくれた。

「恋……？」

「仮初《かりそ》めの恋ですけどね。ただの『行為』のためだけには、お客様は大金を使ってはくださいません。傾城はお客様と、恋人ごっこをするんです。……本当の恋はいいことばっかりじゃなくて、苦しいことも悲しいこともある。でも偽物《にせもの》の恋は恋愛の美味《おい》しいところだけを味わう。……だからうちの見世には、大金を落としていく人が後を絶《た》たないんですよ」

売るのがただの「色」だけではないから。

「廓は夜に来るところですから、俺は娼婦のような恋人として、あなたをおもてなしします」

「……それがゲーム？」

「そう……」

眞琴の伏せた睫毛が、頬に影を落とす。

「恋人ごっこを楽しみながら、……でももしかしたら、いつかどちらかが本気になるかもしれない。両方がなるかもしれない。どちらもならずに、最後まで綺麗に遊べるかもしれない。本気で惚れたほうが負け。……そういう遊びです」

と、眞琴は言った。

「……さっき、身請けするって言ってくださったでしょう」

「おまえに一蹴《いっしゅう》されたけどな」

眞琴は微笑った。

「でも、ちょっと嬉しかったですよ？」

「そうかよ」

「……俺のこと、奈落から救い出すつもりで来てくださったんでしょう？」

そう言った眞琴の表情が、わずかに優しく曇る。白蛇のような色香《いろか》の中に、不思議な可《か》憐《れん》さが混じる。一瞬、諏訪は本当の眞琴を見たような気持ちになった。それともこれが、手練手管《てれんてくだ》というやつなのだろうか。

「だったら、別の方法でたすけてくれませんか？」

つまり身請けより何より、眞琴の客になってこのゲームに乗ることが、眞琴をたすけることになるというのか。

「……眞琴」

思わず呼びかければ、訂正された。

「藤野です」

「……藤野」

促《うなが》されるまま、源氏名を口にする。

「ええ。諏訪様」

「諏訪様……!?」

諏訪はつい、声をあげてしまった。眞琴を藤野と呼ぶのも、眞琴から諏訪様と呼ばれるのも、ひどい違和感があった。

「ちょっと待てよ、なんかそれ変だろ」

「ちっとも。お客様のことはだいたいみんな『様』をつけて呼んでいますし」

「けど、気持ち悪いって。もともとの知り合いなんだから、わざわざ変えることないだろ？」

「でも、ここは吉原ですから」

笑顔でやんわりと言いながら、譲《ゆず》るつもりがないのが伝わってくる気がした。

眞琴――藤野は、ささやかな思い出にけじめをつけようとしているのか。そう悟《さと》ると、諏訪は思いもよらない喪失感《そうしつかん》に襲われた。

「……どうせなら下の名前で呼んで」

どうしても『お客様』扱いをしなければならないというのなら。

だが藤野は、それも承知しなかった。

「それはだめです」

「なんでだよ？」

「下の名前でお呼びするのは、もっと何度も通って、上客《じょうきゃく》になってくださったかたの特権です。馴染みになったばかりのかたに、適用できるはずがありません」

「……おまえなあ」

もともとの知り合いでも、客としては一番下からはじめなければならないということか。

……何もかもなかったことにして？

困惑する諏訪に、藤野は微笑する。

「じゃあね、こうしましょう。――あなたがゲームに勝てたら、前みたいに名前で呼んであげます」

「それが賞品ってわけ」

そういえば昔、眞琴と碁を打つときも、他愛もないものを賭《か》けて遊んでいたことを思い出す。

「おまえが勝ったら？」

「そうですね……、ま、仕掛けの一枚でもつくっていただきましょうかねえ？」

　またころころと藤野は笑った。

　仕掛けとは、傾城が羽織《はお》っている打ち掛けのことだ。いったいいくらかかるのかと思う。ずいぶん不公平な賭ではないか。

　——せっかくうちで着物を仕立てていただいたのに申し訳ないんですけど
　そのときふと諏訪は思い出していた。初めて恋人を葛屋へ連れていったあの日、藤野は言ったのだ。

　——あのお嬢様とは、一ヶ月以内に別れると思います
　——まさか。何言ってんだよ。彼女を口説《くど》くのに何週間かかったと思って
　——だったら賭けますか……？

　いつのまにかすっかり忘れていたけれども、以降すべての彼女たちにまで葛屋で着物を仕立ててやるはめになったのは、その賭に諏訪が負けたからだったのだ。

（今度も勝てるような気がしない）

　だがどちらにしても、藤野は身請けを承知しはしない。このまま何も知らなかったことにして忘れてしまえるのならいいが、それができそうにない以上、他にどうしようもなかった。

「——わかったよ」

と、諏訪は言った。

役得、といえば、そうとも言えるのかもしれない。この美しい傾城とする新しい遊びは、面白そうだと思わないわけでもなかった。

(……上手く嵌《は》められた気もするけど)

「でも、それならおまえの好みも教えてくれないと、不公平じゃない?」

その科白で、諏訪が乗る気になったのが伝わったようだった。藤野は小さく息を飲んだ。

「——俺の?」

「どんな男が好き?」

「……そうですね」

目を伏せて考える。

「こまめに通ってくださるお客様が好きですね」

「それって、つまりこまめに通って花代を貢《みつ》げってことかよ」

「そんなふうに、あからさまに言うのは野暮《やぼ》ってものです」

廓、特に大見世では、野暮なのはとても良くないことらしい。先が思いやられて、諏訪は深くため息をついた。

藤野は膝に乗り上げるように体重をかけてくる。諏訪の手から盃が落ち、酒が畳に零《こぼ》れた。

次の瞬間には、諏訪は紅《あか》い褥《しとね》に押し倒されていた。

「ちょ、眞……藤野……っ」

藤野は笑った。今まで見た中で、一番華やかな笑みだった。

「……約束ですよ」

その瞳がすっと細められる。

白い手が頰《ほお》にふれ、再び唇を塞がれた。


「何もしなくていいですよ。お客様なんですから」

緋襦袢《ひじゅばん》だけの姿になって、藤野は言った。

「ただじっとしているだけで、愉《たの》しませてあげます」

「どっちかっていうと、俺はしてあげるほうが好きなんだけどね？」

「夜は娼婦がいいんでしょう？　それは外のお嬢様がたにしてさしあげてください。ここは遊廓ですから」

なるほど夜に来て、夜の顔だけを愉しむ——これはそういう恋人ごっこなのか。それなら、それも面白いかもしれない。

接吻《せっぷん》はややぎこちなく、初々《ういうい》しいと言ってもいいほどで、そのことに却《かえ》って煽《あお》られた。これもまた一種の技術なのだろうか。

されっぱなしになっているのも落ち着かず、体勢を変えて仕掛けようとしたけれども、やんわりと藤野に押し返された。

「じっとしてていいって言ったでしょう？——ああ」

くすりと藤野は笑った。

「元気じゃないですか」

と、膝《ひざ》でやんわりと押してくる。

「……っ」

「こんなに節操《せっそう》がないとは思いませんでしたよ」

「すいませんね、溜《た》まってて」

ぐりぐりと刺激しながら揶揄《からか》われ、そう返すのが精一杯だった。自分でも驚いた。実際には、特に溜まっていたわけではないはずなのだけれども。

「いいえいいえ。お客様が早いと、こちらも楽でたすかります」

ある意味、こういうところは昔と基本的に変わっていないとも言えた。あの頃の藤野も、子供だったにもかかわらず、ずいぶん生意気な口をきいたものだったのだ。

（むかつくやら、ほっとするやら……）

藤野は諏訪のベルトを抜き取り、ズボンに手をかけてきた。何もしなくていいと言ったとおり、諏訪には何もさせようとしなかった。

ズボンの前をくつろげ、勃《た》ちかけた諏訪のものを取り出す。

「……立派なの、持ってたんですね」

「そりゃどうも」

「あんまり嬉しくないですけど」

「それが客に言う科白？　今までの彼女たちは、みんな喜んでくれたんだけどなぁ」

「そういえば忘れてました、お客様だってこと。じゃあ、おっきい、嬉しい！　……と、こんなものでどうでしょう？」

「バカにしてるだろ」

藤野は肯定《こうてい》するように微笑し、躊躇《ためら》いもなく唇を寄せてきた。咥《くわ》えられるのか、と思い、どきりと心臓が音を立てる。

だが藤野は、唇を開いたかと思うと、その裏筋に歯を立ててきたのだった。

「うあ……！」

軽くとはいえ衝撃は大きく、思わず声をあげてしまう。

「藤野……っ」

「野暮なことを言う人にはおしおきです」

（野暮なこと……？）

というのは何をさすのだろう。今までの彼女たちのことを口にしたことだろうか？

「もしかして妬《や》いてるとか？」

「ちょっとね」

「え」

その科白にどきりとするけれども。

「本気にしました？」

藤野は諏訪の反応に声を立てて笑った。

（ああ、そうか……）

愛しているふり、少しだけ嫉妬《しっと》するふり……それも遊びのうちなのだ。

藤野は、今度こそ本当にそれに舌を這わせてきた。

今噛んだ場所を舐《な》められると、ぴりっとくるような刺激がある。そのまま先の膨《ふく》らんだ部分を咥えられ、括《くび》れに強く舌を押し当てられて、つい腰が浮き上がりそうになった。

わざと音を立ててしゃぶりながら、唇からはみ出した部分はてのひらで包み、やわやわと扱《しご》いてくる。

「……は……」

諏訪は小さく吐息《といき》をついた。

商売なだけのことはあって、口淫《こういん》はひどく巧《たく》みだった。交際していた女性たちにしてもらったことがないわけではないが、彼女たちのそれとはまるで違う。

(どれだけしたら、こんなに上手になるんだか)

巧みで、そして唇の中を赤黒い自分のものが出入りするさまはひどくいやらしい。思うさま喉の奥まで突っ込みたいような衝動《しょうどう》に駆《か》られるけれども。

(――っと、我慢我慢)

かわりに諏訪は、諏訪は藤野の頬にかかる髪を搔《か》き上げた。

藤野はちらと視線を上げてくる。とろりと蕩《とろ》けて見えるのは、行燈の揺れる灯りのせいだろうか。

「もっと見えるようにやって」

調子に乗って要求してみれば、藤野はじろりと諏訪を睨《にら》み、喉の奥できゅっと先端を締《し》めつけてきた。

「っ」

思わず出してしまいそうになり、ぎりぎりで踏みとどまる。藤野が小さく笑うのが、また響いた。

それでも応えてくれる気はあるらしい。藤野は自ら自分の髪を纏《まと》めて片側に流し、見えやすいように顔を傾《かたむ》ける。横笛を吹くようにしてねっとりと茎《くき》を舐める。

技術そのものよりも、視覚的にやられる感じだった。

「気持ちいいですか……？」

「ああ」

咥えながら藤野はくぐもった声で問いかけてきて、舌や歯の当たる感触がまた刺激になる。答えは吐息混じりのものになった。

「それはよかった」

舌の動きが、次第に追い上げるようなものに変わっていく。じゅぷじゅぷと音を立てて出し入れしながら、唇と喉で締めつける。

「ふ、じの……」

離せ、と合図したつもりだった。けれども藤野は逆に、深く咥えて吸い上げる。

「……っ……く」

促されるまま、諏訪は藤野の口内に射精した。

ごく、と藤野が喉を鳴らして飲み込む。藤野、というか、眞琴が——と思うと、信じられないような気持ちで、諏訪はそれを見つめた。

顔を上げれば、濡れた唇の端から糸を引く。藤野はどこか勝ち誇《ほこ》ったような表情で唇を舐め、手の甲でそれを拭《ぬぐ》う。そんな姿は凄絶《せいぜつ》に艶《なま》めかしく、ぞくりとせずにはいられなかった。

枕許《まくらもと》の小箱から取り出した罎《びん》を傾け、たらたらと乳白色の液を諏訪の股間《こかん》に垂《た》らす。冷たさに小さく息を詰めれば、藤野は笑った。

たっぷりと塗《ぬ》りつけながら、諏訪のものを両手で包み、再び育ててあげる。そして屹立《きつりつ》してくると、片方の手でそれを嬲《なぶ》り続けるままに、もう片方の手を自《みずか》らの着物の裾《すそ》へと差し入れた。

「ん……」

襦袢に隠れてその部分は見えないが、けれど水音を立ててゆるゆるとうごめく姿は、まるで自ら後孔《こうこう》を慰《なぐさ》めているかのようにさえ見えた。

「ん、ん……っ」

その手の動きにあわせて、藤野の腰が揺れるのが、ひどくいやらしい。わずかに眉《まゆ》を寄せた表情と、ときおり反《そ》らされる白い喉にぞくぞくした。中を自分で慣らすことで、感じているのだろうか。そんな妄想《もうそう》にたまらなく煽られる。

「……藤野」

「っ……」

小さく息を詰め、目を上げた藤野は、濡れた唇をちろりと紅い舌で舐めた。

諏訪の腹に手を突き、腰を跨《また》ぐ。そして彼の屹立を握り、後孔に宛《あて》がった。先端に感じるぬるりとした感触に、更に張りが増した気がした。

緋襦袢のわずかな隙間《すきま》から、内腿《うちもも》につうっと雫《しずく》が垂れているのが見える。諏訪はつい手を伸ばして、指でたどった。

「……ひ、ぁっ――」

藤野は声をあげた。再会してから初めて聞く、藤野の狼狽《うろた》えた声だったかもしれない。

「感じた？」

「びっくりしたんです……っ！」

軽く問えば、わずかに涙の滲んだ目で、また睨まれた。

「おとなしくしててください」

「はいはい」

答えながら、けれど指に絡《から》むこの感触には覚えがある。潤滑剤《じゅんかつざい》がこぼれているというよりは、これはむしろ――

藤野が腰を落とし、諏訪の肉茎が藤野の身体の中に呑《の》み込まれていく。

「……んっ……」

恐ろしく狭いのに、潤滑剤のおかげで、さほどの抵抗はなかった。ただやわらかい筒《つつ》にきゅうきゅうと締めつけられ、諏訪は小さく息を漏らす。

見上げれば、藤野はきつく眉を寄せていた。

大きくても嬉しくない――と、そういえば言っていた、と諏訪は思い出す。女性と違い、男のからだは抱かれるようにできてはいない。

諏訪はその頬に手を伸ばす。

「……痛い？」

藤野は首を振る。

「……大丈夫です」

「ごめんね、大きくて」

「は……」

藤野は失笑した。

「何、自慢してるんですか」

「心配してるのに」

ゆっくりと藤野は動きはじめる。熱くうねる藤野の体内は、ひどく快かった。

肉体的な快感とともに、腰を揺らめかせる藤野の淫《みだ》らな姿が目に鮮《あざ》やかだ。

「……悪くないでしょ、意外と……っ」

問いかけてくる声は、喘《あえ》ぎめいた息づかいだった。

「ああ。気持ちいいよ」

答えると、藤野は少し微笑《わら》う。

「……おまえは？」

「俺のことは……別に。……あ、こら」

太腿《ふともも》を撫《な》でると、制止するように摑《つか》んでくる。けれど力はほとんど抜けていた。

諏訪はかまわず、両脚のあいだへ手を伸ばす。

「……ぁっ……！」

「……硬くなってる」

そのことに、少なからず驚いた。

指摘すれば、藤野の目許がかっと上気《じょうき》した。

「さ……さわらな……っ」

「ああ……けっこう大きぃの好きなんだ？　咥え込んだだけでこうなるなんて」

ぐにぐにと揉《も》みながら問いかける。先端はひどく濡れてさえいた。

「……ばか……っ、そんなとこ、さわっ……」

艶《つや》めいた声をあげて眉を寄せる姿にそそられる。妖艶《ようえん》でもあり、切《せつ》なげでもあった。男に対してこんな気持ちになるなんて、思いもしなかったことだった。

「あ……ぁっ……ふ」

阻《はば》もうとする藤野の手を纏めて摑み、もう片方の手で腰を支えてやりながら、諏訪は無理矢理半身を起こした。

「んぁあ……っ」

急に中を抉《えぐ》られるかたちになり、藤野が声をあげた。

「あ……あ……」

膝に抱え、体重がかかるまま、深く奥まで貫いていく。藤野はびくびくと震えながら、背を撓《しな》らせた。

「――ごめん、痛かっただろ」

宥《なだ》めるように言いながら、埋め合わせに前を愛撫《あいぶ》する。てのひらで付け根のほうから擦《こす》りあげる。何度も繰り返せばどろどろに濡れ、指のすべりがよくなっていく。扱くたび、ぐちぐちと水音が漏れる。

「あ、あぁっ、あぁ……っ……やめ、……っ放し」

口ではそう言いながら、藤野の腰の動きは止まらなかった。諏訪の手にあわせ、繋《つな》がった部分を擦りつける。彼を愉しませるためというより、自分自身の快楽を追っているようにも見えた。

「ああ……あ、硬い……っ」

諏訪を咥え込んでいる部分は、きゅうきゅうと収縮を繰り返す。滅茶苦茶に突き上げたい衝動《しょうどう》に駆られて腰を揺すり上げると、藤野は高く声をあげた。

「……っあぁぁっ……そこ、っ……」

だめ、とうわごとのように口にしながら首を振る。けれどその表情は、嫌がっているようにはとても見えない。

「ここ……？」

意識して突けば、藤野が白い喉を反らす。

「や……あぁぁ……っ」

諏訪の手を温かいものが濡らした。

同時に熱い肉筒《にくづつ》に思いきり絞り上げられ、諏訪もまた藤野の中に吐精《とせい》した。

「ッ……っ」

達しても藤野の内襞の収縮は納まらず、出し尽《つ》くしてもまだすべてを呑もうとするかのように絞り上げてくる。

「……ああ……凄い……出てる、いっぱい……」

「は……おまえが絞るからだろ」

いやらしい科白に小さく笑いながら、崩れてくる身体を受け止めた。ぐったりと力の抜けた藤野の背に腕を回す。肩はひどく華奢《きゃしゃ》に感じた。

長いつきあいになるけれども、こんなふうに腕に抱いたのは、これが初めてのことだった。

「……大人しくしてろって……言ったのに……」

まだ少し喘ぎながら、藤野は言った。

「……抵抗、ないんですか……？」

「何が？」

「……男の……さわったり」

「どうかな……？　けどさわりたかったから」

何しろ「好き者」だから、と藤野に言われた科白に引っかけて笑えば、藤野もまた呆《あき》れたように失笑した。

「……もう一回します？」

「うん」

素直に頷《うなず》く。藤野の紅い唇がふたたび重なってきた。

2

空がわずかに白《しら》みはじめた頃、諏訪は花降楼をあとにした。

宵《よい》の口には見世《みせ》清掻《すががき》きの艶やかな音色が響き、賑《にぎ》やかだった仲の町通りも、今はひっそりと静かだった。

藤野は諏訪が服を整えるのを手伝い、大門まで送ってくれた。聞けば、そういうしきたりなのだという。

「まったく、馴染みになった次の日に早朝から仕事だなんて、野暮なことと言ったら」

すぐ隣《となり》をゆっくりと歩きながら、藤野は小さく欠伸《あくび》をした。

白い顔にはやや色やつれしたような雰囲気が漂う。そんな風情《ふぜい》が、また艶めかしかった。

「悪かったな。こういうつもりじゃなかったんだよ」

本当の意味で馴染みになるつもりなどなかったから、予約の取れる一番早い日に登楼したのだ。こうなるとわかっていたら、もう少し考えた。

「別に悪いとは言ってませんよ。ただ……しないで帰るつもりだったにしては、ずいぶんちら、と笑みを含んだ視線を投げられ、ばつの悪さに目を逸《そ》らす。

「……だから、がっついて悪かったって」

今夜は買い切りとはいえ、藤野は娼妓だ。いくら彼も愉しんでいるように見えたとしても、たくさんの男の相手をしなければならない身に、過度な行為は負担になることを、もう少し配慮してやるべきだっただろう。

「……おまえ、もうここでいいよ」

と、諏訪は言った。

「え……？」

「疲れてるだろ？　帰って休めよ」

「……」

藤野は詰《なじ》るような目でじっと諏訪を見上げてきた。そして深くため息をつく。

「……馬鹿じゃないですか？」

「はあ……!?」

諏訪はつい声をあげてしまう。

「何だよ、俺がせっかく気を遣《つか》って」

「だから……、別に悪いとは言ってないでしょ。お客様に愉しんでいただくのが仕事なん
……」

だし」

「あ、そ。仕事ね」

なんでもない科白に、何故だか軽く引っかかる。

「仕事にしちゃ、そっちもすいぶん愉しんでるみたいだったけどな？」

「……！」

薄闇《うすやみ》の中で、藤野の頬がぽっと染まったような気がした。

だが狼狽《ろうばい》のようなものが見えたのは一瞬のことで、すぐにいつもの読めない微笑にとって変わられてしまう。

「……そう見えたとしても、本当にそうだったかどうか」

「は？」

「お芝居かもしれませんよ。廓は、嘘を売るところでもあるんですから」

（……あれが？）

諏訪はその可能性に初めて思い至った。

上気した艶めかしい表情も声も、勃《た》ちあがってだらだらと蜜《みつ》をこぼしていたそれも、絞りつくそうとでもいうように締めつけてきた内側の襞も——あれが全部芝居だなんて、とても信じられなかった。

（でも……）

もしかしたらありうるのだろうか。

花降楼は吉原でも屈指の大見世、ほんの一握りの金持ちが、惜しげもなく目玉が飛び出るような大金をはたくところだ。そんな見世の一流の傾城なら、どんな嘘でも本当らしくつけるのではないか……。

「……嘘なの？」

「だったらどうします」

「どうするって……」

どうにかしようがあるというのだろうか。

首を捻《ひね》るばかりの諏訪に、やれやれ、と藤野はため息をついた。

「いくらでも『粋《いき》』な返しがあるでしょ。たとえば……だったら、すぐにまた来て、絶対本気で気持ちよくさせてみせるから、期待してて、とかね」

「なるほど」

それが大見世の返しかたというものなのか、と諏訪は思わず納得してしまった。

そんな彼を見て、藤野はまたため息をつく。

「けっこう野暮ですよね」

「悪かったな」

そもそも諏訪には、遊里における「野暮」と「野暮じゃない」の境目がよくわからなかった。結局のところ、藤野の独断ではないのかと思わなくもないのだ。

「遊び人の名が泣きますよ。そんな調子で、つきあってたお嬢様がたとはどんな話をしてたんですか？」

「別にそれほど遊び人だったつもりはないけどね」

と一応否定してみるが、藤野は相手にしてくれない。

「まあ、普通に愛を語ったりとか？」

「……どんなふうに？」

「どんなって」

「やってみて」

「……って、急に言われてもねえ」

他愛もないことを話すうちにも、あっというまに大門までたどりついていた。もともと花降楼からは、さほどの距離はないのだ。

門のすぐ内側で立ち止まり、藤野は諏訪の顔をじっと見上げた。

「……また来てくださいね」

「藤野……」

その瞳はひどく真っ直ぐに見えて、諏訪は戸惑った。先刻までの軽口を叩いていたときの表情とは、まるで違って見えた。これももしかしたらお芝居——だったりするんだろうか？

　案の定、くす、と藤野は笑った。

「こういうふうに言うものなんですよ。恋人ごっこだって言ったでしょう？」

「ああ……そうか」

「恋人にこう言われたら？」

「え」

　回答を求められ、咄嗟《とっさ》に言葉が出てこなかった。

「嘘でもいいんですよ。遊びなんだから」

「じゃあ……『また来るよ』？」

「もう一声かな」

「うーん……『すぐに、また来るよ』」

「ええ。待ってますから」

　きっとですよ、と言いながら、少し背伸びして、口づけしてくる。ふれるだけのそれは、不思議と誓《ちか》いのようだった。

　藤野も同じことを思ったのだろうか。

　唇が離れると、藤野は諏訪のマフラーに手をかけ、するりと抜き取った。

「おい」

「これは誓いのしるしにもらっておきます」

すぐ車を拾うんだから平気でしょう？　と、藤野は言った。

「心配しなくても、次に来たら返してあげますよ」

「あー、はいはい。わかったよ」

諏訪はやや諦《あきら》め気味に答えた。再会してから藤野にはどうせやられっ放しなのだ。――いや、考えてみれば昔からそうだっただろうか？

「じゃ、またな」

「ええ、また」

諏訪は大門をくぐった。

外には、半端な時間に帰る遊客目当ての車が何台も待っていて、諏訪が近寄るとすぐに扉が開いた。

ちら、と振り向けば、これもそういうしきたりなのだろう。藤野が門のすぐ内側に立って見送ってくれている。その表情は、らしくもなく頼りなげで、まるで本当に寂《さび》しがっているみたいに見えた。

これが大見世の傾城というものなのだろうか。

芝居だとわかっていても後ろ髪を引かれてしまう。

手を振る藤野に視線で答え、諏訪は車に乗り込んだ。

藤野は諏訪の乗った車を、見えなくなるまでじっと見送っていた。そして小さくため息をつく。

＊

(本当にこういうことになるなんて)

——すぐに、また来るよ
と、彼は言った。

(でも……どうかな)

正確には言わせたようなものだ。

あまり期待しないほうがいいのはわかっていた。それに、絶対に来ると言っておいて二度と来ない客など、いくらでもいる。諏訪を信用しないというわけではなくて、そういうものだからだ。

——でも……大見世は色を売るだけの場所じゃないと思うけど？

藤野は立ち尽くしたままで、以前綺蝶に言われた言葉を思い出していた。

最初は、彼の言った意味がわからなかった。廓は娼妓が身を売るところ――それ以外の何があるというのか。

首を傾げる藤野に、綺蝶は言った。

――おまえ、娑婆《しゃば》に好きなやつがいるんじゃないの？

――……っ、何を馬鹿な
白状したも同じなほどの即答に、綺蝶はひどく楽しげに笑ったものだった。

――だって、おまえもけっこう客を振るけど……、登楼らせる客には、なんか共通項感じるんだもんよ。その点、同じ選り好みでも、お姫様とはちょっと違う感じ
暗に似た男を選んでいるのだろうと仄《ほの》めかされ、藤野は返す言葉がなかった。

綺蝶には、ひどく目端《めはし》の利《き》くところがあった。たしかに、藤野から見てもさっぱり理解できない蜻蛉の選別よりはわかりやすかったかもしれないが、それにしても、どうでもいいところをよく見ている。さすがに大見世のお職を長く張っていただけのことはある、と認めないわけにはいかなかった。

大見世の傾城はある程度、客を選ぶことができる。

藤野は水揚《みずあ》げから今まで、どこか諏訪に似た男を選んできたのかもしれなかった。そして面影を重ねて抱かれ、恋愛ごっこを楽しんできたのだ。

そして綺蝶にそれを指摘されたとき、ふいに藤野は思いついたのだった。

似た男たちとしてきたことを、本人とすることができないだろうかと。

本物の恋人同士になど、もとよりなれるはずもない相手だ。

藤野が色子だからというだけでなく、年季が明けて娑婆で再会することがあったとしても——あるいは吉原に売られることなく、あのままそれなりに近しく交友を続けていたとしてさえ、どうにもならないことに変わりはなかっただろう。

もともと諏訪は女性に目がない男だし、好きになってくれるとは思えない。そのうえ、生まれも育ちも違いすぎた。

諏訪も諏訪の母親も、彼らが葛屋の客だった頃から、藤野にとってはひどく眩《まぶ》しい存在だった。

諏訪の父親は有名な政治家、母親は大企業の社長令嬢。諏訪はその長男であり後継者だったのだ。両親は政略結婚だったと聞いていたが、それでもあたたかい家庭であることが、母子を見ていれば自然と感じられた。

藤野の境遇とはまるで違っていた。

藤野は、物心着いた頃には既《すで》に施設で暮らしていた。

若い母親の育児放棄《ほうき》によって死にかけて、九死に一生を得て引き取られたというが、そのあたりのことはまったく覚えてはいない。記憶があるのは、予算の乏《とぼ》しい施設で常にお腹《なか》を空《す》かせて暮らしていたというところからだ。

空腹と、上の子たちの苛《いじ》めに耐え、どうにかそれをかわしながら小学校を出たころ、突然藤野の前に現れたのが葛屋の主人夫妻だった。彼らは子供に恵まれず、跡取《あとと》りにできる親戚の子を、細い細い縁までたどって探していたのだ。

藤野は血の繋がりからいえば、親戚というよりは遠縁と呼んだほうが正しいような遠い関係の子供だった。もっと近い血筋の子供もいたのだが、主人夫妻が重視したのは、それよりもむしろ葛屋を継ぐための資質だったらしい。

頭のいい子であること。それなりに見た目のいい子であること。人づきあいの上手な子であること。——施設で学習した、難しい相手とのつきあいかたが、ここで役に立ったと言えただろうか。

藤野は、葛屋の養子に選ばれた。

それからは、質素ではあったが十分な食べものをあたえられ、施設では見たこともなかったような美しい反物《たんもの》に囲まれて暮らせることになったけれども、養子縁組をしたとき藤野が夢見たような「温かい家庭」は、葛屋にはなかった。

養父母が育てようとしていたのは、息子というより、葛屋の跡取りだったのだ。

藤野は老舗を守るため、厳しく躾《しつけ》られた。着物に関することを教え込まれるのは勿論、学校の勉強、特に経営に関係するような科目はいい点数を取らなければならない。

そして何より重要とされたのは、客あしらいを覚えることだった。誰に対しても愛想良く、決して切れずに仮面を被《かぶ》っていること。不機嫌な客でも上手に気持ちよくさせて、買い物をしてもらうこと。

当時学んだことは、傾城となった今、思いがけずずいぶんと役に立っている。

あとから考えてみれば、養父は決して客商売に向いたたちではなかったのだと思う。店を傾けて苦労して、それだけに藤野に伝えようとして一生懸命だったのかもしれなかった。

（……で、その前に潰れてたら世話ないけど）

だから藤野は、大学生の諏訪が外車で、まるでエスコートでもするように美しい母親を送ってくるきらきらしさが眩《まぶ》しく、親子で軽口をたたきあう仲の良さが羨《うらや》ましかった。藤野の家ではありえないことだった。

長男の諏訪の下には、弟と妹がいて、彼は彼らのこともとても可愛がっていたらしい。藤野にかまってくれたのも、その延長線上のことだったのかもしれない。

——まったく、いつまで迷っているんだか
彼の母親は決断力がなく、というよりはむしろ、あれこれ迷うことを楽しむたちだった。相手はたいてい藤野の養父が務《つと》めていたが、そうそう店で客がかち合うわけではなかったし、最上客の貴夫人の着物選びがいくら長引いても、厭《いと》うことはなかった。柔和《にゅうわ》な笑顔は、ふだんの藤野に対するものとはまるで違う。養父は客の前でだけ好々爺《こうこうや》になった。

ともかく、しばしば時間を持て余していた諏訪が目をつけたのが、藤野だったのだ。藤野は当時、子供好きの客のときには、そばにいて接客を見るように言われていた。それも勉強だった。

——ねえ、何かして遊ばない？

そんなふうに声をかけてくる客など他にはいなかったから、藤野はひどく驚いた。大学生だった彼が、中学生の子供と遊ぼうというのだから、よほど退屈だったのだろう。それとも弟妹たちと遊んでやることに慣れていて、同じ感覚で誘ったものだったのか。

——お相手させていただきなさい

応じていいものかと養父を窺《うかが》えば、彼は微笑してそう言った。客の機嫌を取り結べと言う意味だった。

とはいうものの、店に遊び道具などあるはずもない。見つけられたのは、古い碁石と碁盤がせいぜいだった。

藤野は、床机《しょうぎ》を出した店の中庭で、諏訪に碁を教わった。

——ようし、じゃあ賭けようか

ひととおりルールを教えると、すぐに諏訪はそう言い出した。

置き碁にしても、当然ながら初心者の藤野が勝てるわけがない。

——勝負の世界は厳しいのよ、お嬢ちゃん

諏訪は涼《すず》しい顔で言ったものだった。

最初のうち、彼は藤野のことを女の子だと思っていたらしい。紹介されたときに聞き逃《のが》していたにしても、ずっと男物の着物を着ていたのだからわかりそうなものだが、諏訪は顔だけを見て勝手に判断していたようだ。男だと告げたときにはひどく驚いていた。

もともと女性に対しては、相手が誰であっても甘く接するところのある男だ。勿論色っぽい気持ちなどはなかっただろうが、幼い藤野に対しても、無意識にそうなっているところがあったようだ。

今から思えば、それもまた、藤野が彼を恋愛対象に見てしまった一つの原因だったのかもしれなかった。

ともあれ藤野は、諏訪が来るたびに勝負をしては、何度も負け続けることになった。負けてもたいしたことをさせられるわけではなく、せいぜい肩を揉《も》まされるくらいで、それ自体は別にかまわなかった。諏訪の広い背中にさわるのは、なんとなく少しだけ嬉しかった。

藤野にとって、誰かにかまってもらったのは初めてのことで、それだけでも好意を抱くには十分だった。

諏訪は弱い藤野を揶揄《からか》いはしたけれども、言い返しても怒らなかった。

暴言を吐いても機嫌よく笑っている諏訪に、藤野はひどく驚いた。

施設ではちょっとしたことでも喧嘩《けんか》になったし、葛屋へ養子に来てからも人あたりを厳しく躾られていた藤野にとって、客に言い返してもいいなんて、ありえないことだった。

彼は、客に対して何という口をきいてしまったのかと狼狽える藤野の頭を撫でたのだ。

——やっぱ怒った顔も可愛いね。見てみたかったんだよねえ
——なっ……

わざとだったのか、と藤野は呆れた。

そしてまた、性別を間違われているのだとわかったのもこのときだった。女の子には、諏訪は軽い気持ちでこういうことを言う。

(天然たらしめ)

と、藤野は心の中で悪態をついたが、——それでも。

諏訪は藤野の仮面に気づいて、剝《は》がそうとしてくれていたのかもしれないとも思ったのだ。

被っていた猫を剝ぎとられた以上、もう取りつくろってもしかたがない。

それを機会に、藤野は諏訪と二人きりでいるあいだだけは、思ったことを何でも言うようになった。気の置けなさから、前よりもずっと諏訪の訪れが楽しみになっていった。

そんな感情が、ただの客に対するものではないのだと気がついたのは、偶然街で彼を見かけた日のことだった。

諏訪は恋人らしい女性と一緒にいたのだ。

つきあっている相手が、いつも誰かしらいることは察していたけれども、実際に目にした衝撃は大きかった。胸の痛みと、じわりと熱く滲《にじ》む視界で、ああ、諏訪のことが好きなんだ、と藤野は気づいた。気づいた瞬間、失恋していたわけだった。

何をするでもなくぼんやりと一日過ごして、けれどその直後、藤野は再び街で諏訪を見かけることになるのだ。——別の女性と一緒にいる彼を。

呆然とした。一言《ひとこと》言ってやらなければ気が済まなかった。

——このあいだの女性とは、違うかたのようですけど？

のちに図らずもその通りになってしまったが、「きっとすぐに別れる」と予言したのは、むしろ藤野の希望だった。勿論、別れたからと言って自分とつきあってくれるなどとは夢にも思っていなかったけれども。

（あの頃から七年……）

政治家となった諏訪は、ますます遠い存在になっている。

藤野が恋愛対象外であることは変わらないだろうが、たとえ好意を持ってくれたとしてさえ、評判第一の政治家にとって——しかもその美貌で多数の婦人票を得ている若い三世政治家にとって、同性との恋愛は醜聞《しゅうぶん》にしかならない。

政治家の「妻」の役割も、藤野には務まらない。選挙のとき、色子上がりが頭を下げて回ることは逆効果にしかならないだろうし、世の中の偏見は根強い。後継者を産むこともできない。

藤野は、諏訪の将来の邪魔になりたくなかった。

好きな男の成功を願っているのは勿論だが、それだけではなくて、政治家としての彼に期待してもいた。頭がよく行動力もあり、人気も高い。血筋からくる人脈も豊富だから、きっと昇りつめることができる。そして彼ならそうなっても、藤野のような境遇の人間のことも忘れないでいてくれるのではないだろうか。欲目かもしれないが、いい政治家になると思うのだ。

(だけど、廓でなら)

吉原――特に大見世の中は、外の世界とは隔《へだ》てられた、ある意味特殊な空間だ。閉鎖社会であり、客は半端でない金持ちや有名人が多いため、秘密は概《おおむ》ね守られる。また醜聞になってさえ、世間は大目に見てくれる傾向があった。以前、蜻蛉の客だった芸能人絡みの痴情沙汰《ちじょうざた》が写真週刊誌に抜かれたときも、彼はさほどたたかれることもなく、芸能界に復帰したものだった。

大見世で売るもう一つのものは、「恋愛」だ。

勿論それは仮初めのものだが、擬似的《ぎじてき》にでも恋をするからこそ、客は大金をかけて見世に通ってくれる。恋愛の楽しいところだけを味わって、また現実の世界へと帰っていく。本気ではないからこそ、それができる。そして見世は、わきまえて綺麗に遊べる客を粋と呼び、もてはやすのだ。

廓という枠《わく》の中でなら——遊びという前提でなら、諏訪と「恋」ができるかもしれない。失敗しても、失うものなんて何もない。

そう思って、諏訪に手紙を出した。「花降楼」の名で敬遠することなく来てくれるようなら、可能性はあるとも思った。それを計るために、手紙に本名は書かなかった。

男が好きなわけでも、相手に不自由しているわけでもない人が、わざわざ大金をかけてまで見世に通ってくれるようになるのかどうか。

ふつうに考えれば、ありえないことだ。

けれど藤野は、勝算はあると踏んだ。

たいしたつきあいではなかったとはいえ、奈落に身を落とした昔の知りあいを見捨てることが、諏訪にはできないだろうからだ。

軽佻浮薄《けいちょうふはく》なようでも、諏訪には昔から情の深いところがある。それは藤野が政治家としての彼を買っている部分でもあるが、誰に対してもそうだからこそ、あれほど色恋沙汰がつきなかったとも言える困った性分《しょうぶん》でもあった。

（……でも、そういう人だから、好きになった）

諏訪が身請けを言い出すかもしれないことさえ、藤野はまったく予想していないわけではなかったのだ。

その申し出を頑《かたく》なに拒否して、かわりに客として通ってくれるように頼めば——加えて遊ぶのが好きな、悪く言えば節操のない性格でもある男だ。乗ってくる可能性はあると思った。

結果、びっくりするくらい思い通りになった。

春をひさぐ姿を、本当は見られたくない。会えば軽蔑《けいべつ》されるかもしれない。汚いと思われるかもしれない。

でも、諏訪ならそれよりたぶん、同情してくれる。自覚があるかどうかはわからないが、蔑《さげす》んでいない証明として、抱くことさえ厭わないかもしれない。

同情でもいい。

そう思った。

(……惚れた方が負けなら、本当は最初から負けてる)

身請けして、ただ自由にしてもらうのでは、藤野にとっては意味がないのだ。

つかのまでも、彼の恋人になってみたかった。嘘でもいいから、愛されてみたかった。

諏訪に会って、一度だけでも身体を繋げたかった。

それが叶《かな》って、どんなに嬉しかったかしれない。

(でも……次にまた来てくれるかどうかは)

藤野は小さく震えた。諏訪のマフラーを肩から羽織り、胸の前で掻きあわせる。

そしてぎゅっと抱きしめて、踵《きびす》を返した。

3

藤野の心配を余所に、それ以来、諏訪は花降楼へ登楼するようになった。

そして藤野と「恋人ごっこ」をする。

戯《たわむ》れに愛を語り、じゃれあい、身体を重ねて馴染む。

何もかもが嘘であることに、虚《むな》しさを感じることがないと言ったら嘘になる。それでも、やはり概ね楽しい時間だった。

再会から五年ほどが、そうして瞬《また》く間に過ぎていった。


諏訪の登楼を聞き、他の客の相手もそこそこに戻ってくると、藤野の本部屋からは、楽しげな笑い声が、障子《しょうじ》の外まで響いていた。

諏訪と、藤野の部屋付きの禿《かむろ》——否《いな》、新造《しんぞう》になったばかりの妓《こ》の声だった。

（椛《もみじ》か……）

椛は、美妓揃いの花降楼の中でも最も将来を嘱望《しょくぼう》されている。顔立ちは勿論、性格も可愛らしい妓だった。怪我をしたり、いろいろあったせいで、この頃は引きこもっていたが、今夜はおそらく鷹村に人手が足りないと宥《なだ》めすかされて、名代《みょうだい》に入ることにでもなったのだろうか。

ひさしぶりに聞く椛の笑い声に、少しほっとする。諏訪はさすがに遊び慣れているだけあって、沈んでいる相手の気持ちを引き立たせるのが上手いのだ。

とはいうものの。

「まーったく、藤野も椛ちゃんくらい素直だったら可愛いのに」

と、諏訪の声が聞こえてくれば、藤野のこめかみは、ぴき、と音を立てた。

ちなみにむかつくのは「可愛くない」と貶《けな》されたからであって、諏訪が椛に鼻の下を伸ばしているからでは決してない。藤野の新造や禿たちの中で、諏訪が特に椛を可愛がっているのは以前からのことだし、藤野自身も自分の部屋付きの妓は可愛い。今さら耳にしたからと言って、目くじらを立てる気になどならないのは勿論だ。当然のことだ。

軽く青筋を立てながら襖《ふすま》を開ければ、ぱんっ、とあるまじき音がする。

「いらっしゃいませ」

藤野はにっこりとつくり笑いを浮かべた。

「おひさしぶりです、諏訪様」

わざと名前のあとの「様」を強調する。諏訪がそう呼ばれるのが好きではないのをわかっていての呼びかただった。

「ひさしぶりってほどじゃないだろ。先週も登楼《あが》ったし」

「だって寂しかったんですもん」

わざと勢いよく仕掛けのまま膝に乗り上げると、諏訪が重さにぐぇ、と呻《うめ》く。藤野はそれを無視して、首に腕を回した。

「そのひさしぶりの逢瀬《おうせ》に浮気とは、いいご身分じゃないですか？」

「浮気？」

「俺より椛のほうが可愛いんでしょ？」

「妬いてくれんの？」

答えるかわりに、カリと耳朶《じだ》に噛みつく。

「痛たっ、……もう、嘘だって。浮気なんかするわけないだろ。愛してるのは、おまえだけだって」

「ほんとに？」

「神に誓って」

瞳を見交わし、唇をあわせる。ちゅ、ちゅっと角度を変えて何度か繰り返す。

「……相変わらず、ノリが良いですよね」

諏訪は「恋人ごっこ」に慣れると、遊びかたもとても上手になった。さすがに恋多き男で、はったりの得意な、政治家向きの性格だけのことはある。婦人票を総なめにしたと言われる整った顔は、悔《くや》しいがにやけていても格好良かった。

「お互いにな」

と、諏訪は笑い、また口づけてくる。視線を移すと、目が合った椛がはっとしたように赤くなり、頭を下げて立ち上がった。

「またね、椛ちゃん」

その背中に諏訪が声をかけると、椛は振り向いて再びお辞儀《じぎ》をし、今度こそ部屋を出ていった。

「ほんと、可愛くなったよな。椛ちゃん」

「目をつけてもだめですよ」

「もう水揚《みずあ》げする客は決まってるんだろ？　わかってるって」

相手は岩崎財閥《いわさきざいばつ》の御曹子《おんぞうし》——椛がほんの禿だった頃から面倒を見ている男だ。

勿論、遊廓のしきたりの中で、本来なら「つばをつける」ような行為はゆるされない。

だがそれを可能にするほどの力と、そして事情とがある男でもあった。

（あれはあれで問題のある相手なんだけど……）

岩崎は椛をとても大切にしてはいるが、それは椛自身を愛しているからではないのだ。椛の上に、椛によく似た別の傾城を重ねて見ているからに過ぎない。

そのことを考えると、幼い頃から強力な後ろ盾《だて》を持ち、娼妓としては一見前途洋々《ぜんとようよう》として見える椛の将来が、藤野は心配でならなかった。

「ちょっと残念だけどな」

恋人ごっこも忘れたように――というか、ちょっと可愛ければ愛《め》でてみるのが習慣のようなものなのかもしれない。脳天気に呟《つぶや》く諏訪の手を、藤野は抓《つね》った。

「痛っ」

諏訪は小さく悲鳴をあげる。

「冗談だって。暴力反対」

藤野は彼の言葉を無視した。

「すぐにします?」

「もうちょっと色っぽく口説いてくれない?」

「目には目を、野暮には野暮を」

にっこりと微笑めば、諏訪はため息をついた。

「悪かったな。――でも、ま、いっそ癒《いや》されるわ。平常運転で」

「それはどうも」

「俺、そういや夕飯食ってないんだよね。先に台の物でも取ってもらえる？　おまえも何でも好きなもの頼んでいいからさ」

台の物、というのは、料理のことだ。脚付《あしつ》きの台に載《の》せられて運ばれてくることからこう呼ばれる。ものによって見世の台所で調理されることもあれば、仕出しを頼むこともあった。

「じゃあ、鍋《なべ》うどんでいいですか？」

「また？」

諏訪は少し呆れたような声を出した。

「このところいつもじゃね？」

「だってあれ好きなんですよ。あんたもいつも美味《おい》しいって喜んで食べてるでしょ？……嫌なら諦めますけど」

「別に嫌だとは言ってないけどさ。ただ、いつもそんなんでいいのかと」

台の物には見世の手数料が上乗せされていて、ちょっとしたものを頼んでも、ずいぶんと高額な花代になって跳ね返ってくる。それに比べれば、鍋うどんはずいぶん簡易《あんい》で安上がりな代物《しろもの》だった。

夜、遊廓や娼館の窓の下を流す屋台から、見世には内緒でこっそりと買うのだ。紐《ひも》をつけた籠《かご》に、注文を書いた紙と金を入れて二階の窓から下ろすと、金と引き替えに、土鍋に入れたうどんを籠に入れて戻してくれる。

本来は、夜中に小腹《こばら》の空《す》いた色子が自分の夜食にしたり、小見世の妓が間夫《まぶ》に金を使わせないためにこっそりと利用したりするもので、大見世の娼妓が使うようなものではない。鷹村にでも知れれば、見世が儲《もう》からないという以上に、傾城のすることではないとひどく叱られることになるだろう。

「これ、好きだって言ってるでしょう」

「まあおまえがいいならいいけど」

藤野が鍋うどんを手に入れて戻ってくると、諏訪は苦笑のようなものを顔に浮かべていた。

彼としては、登楼しても台の物一つ取らない野暮な男だと思われるのは心外らしい。

（……まあね、そんなに余裕のない客じゃないのはわかってるけど）

諏訪の実家は代々の政治家の家系で資産家だし、諏訪自身も議員としてそれなりの報《ほう》酬《しゅう》を得ている。むしろ搾《しぼ》る気になればいくらでも搾り取れる相手なのだ。

だが藤野は、諏訪にあまりよけいな金を使わせる気はなかった。

花代によって買われる身ではあっても、なるべくなら甘えたくなかった。できるだけ対等に近い関係でいたかった。それは諏訪とゲームをするうえでの、藤野の中でのルールでもある。

それに何より、もしそんな余裕があるのなら、台の物なんかより、ただ登楼してくれるほうがいい。それ以外は何もねだる気はなかった。会いたいという言葉も手紙も、きっと花代目当ての手管だと思われているだろうけれど、それでよかった。本当の気持ちは、自分の心の中だけの一生の秘密だ。

その甲斐《かい》があったのかどうか、諏訪は忙しい割にはまめに通ってくれているほうだ。藤野はねだったことはないが、それでも祝儀《しゅうぎ》をはずんでくれることもあるし、綺麗に遊ぶ上客として見世にも大切にされていた。

「だって、こんなもの他のお客様に頼むわけにはいかないんですから」

ね？　と特別を仄《ほの》めかせば、諏訪はまんざらでもないようすで機嫌を直す。可愛いものだと思う。

隣に座って取り皿にうどんを取り分け、

「はい、あーん」

「あーん」

箸で口許まで運ぶと、彼は素直に口をあけた。

「ま、たしかに美味いけどな」

「ね、冬はやっぱこれでしょ」

「まあね」

諏訪によけいな負担をかけたくないのも本当だが、葛屋に引き取られるまで貧しく育ったせいか、上品な台の物より、ただの鍋うどんのほうがよっぽど美味しく感じられるのも本当だった。

それに二人で一つの鍋をつつくのもあたたかく、ちょっとめずらしくて楽しい。廓ではなかなかないことだし、他の男とは別に味わいたいとも思わなかった。葛屋もまた、そういう雰囲気の家ではなかった。

「そういえばさ……」

ふと、諏訪は言った。

「誕生日、もうすぐなんだよな」

「え……？」

その言葉に、藤野は首を傾げる。

「誕生日なら、このあいだお祝いしてあげたじゃないですか。年に二回も歳取るつもりなんですか？」

廓における客の誕生日といえば、祝いを口実に盛大な宴《うたげ》を開き、搾り取るために存在するようなものなのだ。その花代は勿論、客自身が持つことになる。ばかばかしい話だが、そういうしきたりであり、わかったうえで登楼し、鷹揚《おうよう》に散財してみせるのが粋ということになっていた。

諏訪が登楼してくれるのなら嬉しいが、二度もそんな散財をすることはないのではないか。

「そう。ま、俺ほどの男ともなると、年に二回ぐらいは歳取らないとね——って、んなわけないだろ」

諏訪は自分で突っ込む。

「ばか、おまえのだよ」

「え、俺の？」

「来月だろ？」

たしかにそのとおりだったが、それを諏訪が言い出すとは思わなかった。

「今さらどうしたんです？」

「どうしたって、祝ってやろうと思ってるに決まってるだろ」

「めずらしい」

諏訪は頭を抱えた。

「わざと祝わなかったわけじゃねーよ。最初の年に聞いたときにはもう過ぎてたり、そのあとは選挙やなんかで特に忙しい時期に当たったりして機会を逃していただけで、忘れてたわけじゃないんだからな」

「へえ」

「それに今年は紋日《もんび》にも被《かぶ》るんだって?」

「ああ……ええ、まあ」

遊廓には、「紋日」と呼ばれる特別な日がある。

江戸のころには年に数十日も定められていたものの名残《なごり》で、今は数日を残して廃《はい》されていたが、その日登楼した客は、いつもの倍の花代を払わなければならないきまりになっていた。

そしてまた、紋日にはことさら派手に金を使うのが客の見栄《みえ》であり、使わせるのが傾城の見栄とも言われ、それぞれの宴の華やかさを競《きそ》ったり、客に新しい仕掛けをつくらせ、豪奢《ごうしゃ》な装《よそお》いを張り合ったりする。

色子たちは仕事を休むことはゆるされず、もしお茶を挽《ひ》くようなことがあれば、自分で自分の花代を、しかも普段の倍額持たなければならない。

それを逃れるために、色子たちはどうにかして自分の馴染み客を登楼させようと、手練手管を尽くすのが常だった。

「よく知ってましたね」

紋日というものの存在は勿論諏訪も知っているが、いつがそうとは、藤野は特に教えてはいなかった。

「さっき椛ちゃんが言ってたからさ。紋日で、ついでにおまえの誕生日とも被るって」

「ああ、椛が」

「……仕掛けでもつくってやろうか」

「ええ……!?」

　思わず声をあげてしまった。

「……どうしたんです？　いきなり」

　藤野はこれまで、台の物と同様、諏訪に仕掛けをねだったことはない。紋日の支度を諏訪に頼る気はなかった。彼はしょっちゅう訪れてはくれるから、偶然紋日に登楼が被ったことなら何度もあったけれども。

「いや、サプライズとか狙ってたら、今年も逃しそうだから、宣言しておこうかと」

「狙ってたんですか？」

「実は」

　藤野は笑ってしまった。

「負けを認めるんですか？」

　惚れたほうが負け、諏訪が負けたら仕掛けを仕立ててもらうと約束したのは、もう五年も前になる。

「……そういうわけじゃないけど」

「だったら、そのときまでとっておきます」

とは言っても、もう年季明けまで一年しか残ってはいない。次の誕生日には年季が明けてしまうわけだけれども。

「でも、誕生日でもあるわけだしさ」

と、諏訪は言った。

「それに、長いつきあいなのに、あんまり当てにされないのも、ちょっと寂しいもんだよ？　──ぺーぺーなんだから無理するな、っておまえにはよく言われたもんだけど、俺もあの頃にくらべたらそれなりに出世したし、数年のうちには入閣《にゅうかく》するかも、なんて言われてるくらいなんだから」

どこか自慢げな口ぶりが可笑《おか》しい。藤野はつい、喉で笑った。

誕生日のことなど、自分でもほとんど忘れていた。そのうえ紋日まで気にしてくれていたのかと思うと、胸がふわりと温かくなる。

「なんでそこで笑うんだよ」

「いえいえ。ただちょっと……感動してるんです。遊廓のことなんか全然わかってなかった人が、自分から紋日のこと言い出すまでになるなんて……」

「ま、さすがに五年も通ってればね。最初の頃はしきたりとか何も知らないし、わけわかんなくてほんと戸惑《とまど》ってばっかだったけどな」

「本当にね」

諏訪の言葉で、藤野は改めて年月を実感した。諏訪の初めての登楼から、既に五年もの月日が流れたのだ。

藤野はもうすぐ二十六になる。

「でも」

と、藤野は言った。

「俺ももう来年には年季明けですからね。今から仕掛けをつくってもらうのは、ちょっともったいないかな」

遊廓の派手な仕掛けは、娑婆《しゃば》へ出れば着る機会はないだろう。年季明けも近くなり、装《よそお》いの豪奢さで見栄を張りたい時期も過ぎた。間夫に贈られた仕掛けを嬉しそうに自慢する同僚を見れば少しうらやましく思えたりもするが、そんなことのために諏訪に散財させたいとは思わなかった。

「お祝いしていただけるんだったら、どうせなら花代のほうがいいです」

「はあ？」

諏訪は呆れたように声をあげた。

「ったく、色気も何もあったもんじゃねえな」

藤野は、かまわず続けた。

「泊まりでお祝いしてくれません？」

「泊まりで？」

「なんなら流連《いつづけ》でもいいですよ？」

流連とは、ただ傾城の部屋へ泊まるというだけではなく、何日も連泊することを言う。当然ながらこれも半端《はんぱ》ではない金がかかるため、そんな客は多くはなかった。

「ま、予算がゆるせば、ですけど？」

「馬鹿にすんなよ」

ふふ、と藤野は笑った。本当の問題は予算ではなく、時間だ。

馴染みになって五年、今まで諏訪に泊まってもらったことはない。忙しいのは知っているから、わがままを言う気もなかった。

だが、どうせあと一年で年季が明けるのだ。そうなれば、諏訪との「恋人ごっこ」も終わる。その前に一度くらいねだってみるなら、何日か一緒に過ごしてみたかった。そんな機会は、見世を出たら二度と訪れないだろう。どんな高価な品を贈られるより、そのほうがずっと嬉しい。

（まあ、それだってけっこうな散財になるわけだけど……）

「……当日が無理なら、近くの空いてる日でもいいですよ」

「その日じゃなきゃ意味なくないか？」

「紋日は、他のお客様にねだりますから、別に」

「あ、そ」

他の客に張り合う気持ちはあるらしい。やや憮然《ぶぜん》とするのがおかしい。可愛いと言ってもいいかもしれない。

「当日でかまわねーよ。都合つけるから」

「……無理しないでくださいね？」

心配になって言ってみれば、諏訪は藤野の手を取り、瞳を覗き込んできた。

「何言ってんの。おまえのためなら、どんな無理だって」

はい、と諏訪は小指を差し出してくる。

「だから、いくらでもわがまま言って」

そんな科白は、いつもの「恋人ごっこ」の軽口だとわかっていた。それでも胸がきゅっと痛くなる。嬉しくて、抑《おさ》えようとしても、顔が火照《ほて》るのを感じる。

「あ、可愛い」

と、諏訪は揶揄ってくる。藤野は照れると、頬というよりは目許が赤くなるらしい。それを諏訪は可愛いと言ったりする。

「……ばか」

藤野はその指を、じっと見つめた。

（流連……）

瓢簞《ひょうたん》から駒《こま》が出たような気分だった。

諏訪と何日か一緒に過ごせる。噓みたいだった。けれども彼は藤野のわがままを聞いて、本気で約束しようとしてくれているのだ。その気持ちが嬉しい。

「……じゃあ、……サービスしてあげますね」

藤野はまだ少し戸惑いながら、彼の指に小指を絡《から》めた。


諏訪が登楼っているからといって、本部屋にだけいればいいというものではない。彼が眠っているあいだにそっと抜けだし、別の客の許《もと》へ行く。そしてまた隙《すき》を見て戻る。それを何度も繰り返さなければならなかった。

部屋から部屋へ、褥から褥へ。蝶のように渡り歩くことを、廻しをとると言う。

夜更けに、藤野は別の上客の褥で、諏訪のところへ戻る機会を窺っていた。

廻し部屋にいるこの男は、このごろ藤野の許へ通うようになった客で、小寺《こでら》という。大手建設会社の取締役だが、正直、昔の藤野なら振っていたタイプだ。けれど今の藤野は、この客をけっこう大切にしていた。

彼はよく見世を接待に使うので、下の妓たちに新しい客を回してやることができる。そしてその接待の相手には政治家も多く、政治の世界の話を聞くこともできた。諏訪の話題が出ることもあれば、彼にとって有益かもしれない情報を聞けることもある。藤野が彼を大切にしているのは、それが理由だった。

少しでも諏訪の役に立つことがあればと思う。そしてまた藤野の許へ来ることで、諏訪にも利を得て欲しかった。最初は同情につけこんではじまったつきあいとはいえ、自分だけが花代を得るのではなくて。

「……廻しか？」

眠っているかと思ったら、まだ起きていたらしい。藤野が褥をぬけだそうとしたちょうどそのとき、小寺は声をかけてきた。

「諏訪先生のところか。あの先生もまめだな」

「……何をおっしゃるやら……。手水へ行くだけですよ。すぐに戻ります」

「ごまかさなくてもいいさ。気に入ってるんだろう。優男《やさおとこ》だからな、あの先生」

小寺は、諏訪のことがあまり好きではないらしい。政界でも邪魔になる立ち位置にいるせいでもあるのだろう。もともと嫉妬深いほうではあるけれども、彼のところへ行こうとしたときは、ことさらひとこと言いたがる。

上手くごまかしているつもりでも、藤野の気持ちを悟られているのかもしれなかった。

「そういやあの先生」

小寺はふいに言った。

「縁談があるらしいな」

「……縁談……？」

その言葉に、藤野は思わず襦袢を直していた手を止めてしまった。ぐらり、と視界が歪んだような気がした。

「……誰と？」

「気になるか？」

「……っ、そういうわけじゃありませんけど」

藤野ははっと取り繕《つくろ》う。他の客の縁談を聞いて狼狽えるなど、娼妓としては恥ずべきことだ。だが、動揺は隠しようもなかった。

男はそんな態度を鼻で笑った。

「大城《おおしろ》先生の末のお嬢さんだよ。一度会ったことがあるが、清楚《せいそ》で可憐《かれん》な女性だったよ」

今も大臣を務める大城代議士は、諏訪と同じ派閥《はばつ》で何度も入閣している実力者だ。漏れ聞いた噂によれば閨閥《けいばつ》にも蒼々《そうそう》たる顔ぶれがそろっているし、その縁に連なることは、諏訪にとっては願ってもないことだろう。

そのうえ「清楚」という言葉が藤野を打ちのめす。

「……決まりそうなんですか」

「だろうな。大城先生と結びつけば、三十代のうちに入閣の可能性も出てくるんじゃないかってことで、あの坊も乗り気らしい」

（あの人も乗り気……）

そういえば諏訪は、数年のうちに入閣するかも、などとつい先刻も口にしていた気がする。――あれはこういう意味だったのだろうか。

「いつ……？」

「さあ。年内もありうるかもしれないな。おまえ、邪魔してみるか？」

そう言って、小寺は声を立てて笑った。

藤野は切り返す言葉も思いつけなかった。

いつかは聞く日が来るとわかっていた話だ。それがいよいよ現実のものとなっただけのことではあった。

結婚するからと言って、関係が変わるとは限らない。吉原の中と外とは大門によって隔てられた別の世界だから、廓通いはいわゆる浮気とは違う。結婚後も割り切って、変わらずに登楼する男も多い。大見世に通うような御大尽《おだいじん》の妻には、それを当然と考える女性さえ少なくなかった。

諏訪が大臣の娘と結婚するとしても、愛情があるわけではなく政略結婚である以上、結婚後も通ってくる――何も変わらずにいられる可能性だってないわけではない。

それにどっちにしても、どうせ来年には藤野は年季が明け、娼妓ではなくなるのだ。

諏訪との「恋人ごっこ」は、藤野が色子であるあいだだけのこと。客と娼妓という立場があるからこそ成り立つものだ。この枠を失えば成り立たなくなる。年季が明けたら終わる——けじめをつけようと、最初から決めていた。

諏訪の結婚によって切れることになったとしても、別れが少し早くなるだけのことで、たいした違いはない。

けれどいくらそう考えようとしても、痛みを覚えずにはいられなかった。

(あの人が、誰かのものになる)

政略結婚でどれほど心が通い合うものかはわからないが、諏訪はおそらく、妻とあたたかい家庭をつくろうと努力するだろう。子供のころ、葛屋で彼と彼の母親との関係を見ていた藤野には、そう思えた。

(誰か一人のものになる)

奈落へ沈んでいくかのような、喪失感に襲われる。ひどい眩暈《めまい》を覚え、ただ立っているのも辛《つら》いほどだった。

けれど勿論、邪魔などできるはずもない。

不可能だということもあるし、何より諏訪の結婚は、彼の将来と密接に結びついた大切なものだからだ。彼の幸福を壊すことはできない……。

気がつけば藤野は、廊下をふらふらと歩いていた。

いつのまに廻し部屋を出ていたのか、客になんと言って出たのかさえ思い出せなかった。

はっと我に返ったのは、廊下の薄暗がりに、とぼとぼと彷徨《さまよ》う人影を見つけたからだ。

椛だった。

「椛……？」

藤野はびくりと足を止め、瞠目《どうもく》した。

椛は、ふつうの状態ではなかった。髪は乱れ、新造の緋襦袢《ひじゅばん》はほとんどはだけていると言ってもいい。瞳は泣きはらして真っ赤になっていた。

藤野を見上げて、その目から更に涙があふれ出す。

何があったのか、一目で悟らないわけにはいかなかった。

（岩崎さん……）

藤野は愕然《がくぜん》とした。岩崎と椛とのあいだに、いつか、何かが起こるかもしれないと危惧《きぐ》してはいたけれども。

（まさか、本当にこんな真似をするなんて）

いくら岩崎が水揚げすることは決まったも同然だったとはいえ、椛はまだ新造に過ぎないというのに。

「……あの人は、なんてことを……」

唇から呟《つぶや》きが零れる。藤野は椛の華奢な肩を抱き締めた。

「……っ……」

その途端、椛は声をあげて泣きじゃくりはじめた。

空《あ》いていた廻し部屋で椛の話を聞き、しばらく落ち着かせてやってから、藤野は諏訪のもとへ戻った。

娼妓と客の関係はひととおりではなくて、さまざまなありようがある。

小寺に聞いた諏訪の話と、椛と岩崎の問題とが頭の中をぐるぐると回り、心は千々《ちぢ》に乱れたままだった。

掛布団をめくり、諏訪の隣にすべり込めば、眠っていると思っていた彼の腕が腰にまわり、引き寄せてきた。藤野は横たわる諏訪の上に覆《おお》い被《かぶ》さるような格好になった。

「……起きてたんですか」

「敵娼が廻しに行っても、気にしてないような顔で寝たふりしてるのが粋なんだろ」

粋な振舞《ふるま》いをしてみようとしていたらしい。諏訪は笑った。その見慣れた笑顔が、今夜はなんだかひどく眩《まぶ》しく見える。

「起こすまで寝たふりでいられればね」

ちぇ、と諏訪は小さく舌打ちする。そして藤野をぎゅっと抱き締めた。

「……おかえり。遅かったね？　待ってたのに」

と、彼は言った。

「俺より大事なお客？」

妬いているふりをする、いつもの楽しい恋人ごっこだ。けれども今夜は、藤野は上手く乗ることができなかった。

「……何を言ってるんです」

「まあ、帰る前に顔、見られてよかったけどな」

軽く唇をあわせ、諏訪は身を起こした。

「……もう帰るんですか？」

「ああ。どうせすぐまた来るよ」

もはや挨拶のようになった、いつもの科白だった。

引き留めたい気持ちを抑えて、藤野も起きて身支度を手伝った。諏訪のシャツを整え、ネクタイを結んでやり、上着を着せかけてやる。

そのときふと、背広の胸の隠しのあたりから、ふわりと花の香りが漂ってきた。

たぶんこの中にハンカチか何か入っているのだろうか。藤野の焚《た》く艶めいた香とは違う、洋物の香水の匂いだ。脱がせたのは藤野ではなかったから、今まで気づかなかった。

（ああ……）

諏訪のものでもないだろう。女性——淑女《しゅくじょ》の好みそうな優しい香りだった。

もしかしたら、これが縁談の相手の匂いなのだろうか。

「藤野？」

「あ……いえ」

固まる藤野に、諏訪は怪訝《けげん》そうに問いかけてくる。藤野は首を振った。

（……香を焚こう。次からはもっと）

と、藤野は思った。

（白檀に茉莉花《まつりか》をあわせて……）

他の女の匂いが入り込めないように。もっと色に夢中になってもらえるように。

そう思った途端、帰したくない衝動が押し寄せて、藤野は思わずぎゅっと諏訪の背中に抱きついた。

「……うん？」

怪訝そうに、諏訪が振り向く。

「『帰っちゃやだ』？」

「……別に。……ただ、ちょっと太ったんじゃないかと思って」

「そう？　ま、そのほうが政治家としては貫禄《かんろく》ついていいんじゃね」

「……そうですね」

素直に答え、彼から離れた。いきなり、何を変な真似をしているのかと思う。我に返ると恥ずかしくて、振り払うように藤野は言った。

「――さあ。ぐずぐずしてると夜が明けますよ」

諏訪の支度が済むと、自らも襦袢の上に仕掛けを羽織る。

――寝てていいよ
と、諏訪は気遣ってくれるけれども、馴染みになった夜から今まで、大門まで送らなかったことはなかった。

――しきたりですから
と言いながら、本当はぎりぎりまで傍にいたいだけだった。この頃では、諏訪も何も言わなくなっていた。

一緒に見世を出て、真夜中の吉原をゆっくりと歩く。

空気は冷たく、吐息が微かに白くなるほどだったが、気にはならない。宴や褥とは違う、誰もいない静かな街をただ並んで歩くおだやかな時間が、藤野は好きだった。

こんな時間は、あとどれくらいゆるされるのだろう。

「……どうかしたのか？」

ぽつぽつと他愛もない会話をかわすうちに、ふと、諏訪が問いかけてきた。

「……何がです」

「切れ味がない」

「え？」

「さっきだって、いつもなら、もう三十過ぎたんだから、油断してるとすぐにぶくぶくになりますよ——とかなんとか言いそうなもんだったのに」

口ぶりを真似されて、藤野は力なく失笑した。

「……なんかあった？　顔色もいまいち良くないみたいだけど……」

「別に何も」

もともとたいした距離はない大門までは、いくらゆっくりした足取りでも、あっというま着いてしまう。

そのすぐ内側で、諏訪は立ち止まった。

「藤野」

頬に手を伸ばしてくる。だがそれがふれる直前、藤野はびくりと身を縮めていた。

「……藤野？」

「あ……」

諏訪の表情が、本格的にいぶかしむものになる。

（……普通に、してないと）

藤野は取り繕おうとした。

「すみません。さっきちょっと……椛と話してて」

「椛ちゃんと？　こんな時間に？」

「ええ……」

「心配ごと？」

「……っていうか……、岩崎さんと、ちょっとあったみたいで……」

「岩崎さんと、椛ちゃんが？」

「ええ……」

椛のことも勿論気になるが、薄情《はくじょう》と言われても、諏訪の縁談のことのほうがより強く心に引っかかっていた。けれどもそれを口にするわけにはいかない。

「……そんなことより、帰らなくていいんですか？　明日も早いんでしょう？」

「放《ほう》って帰れないだろ、そんなおまえを。まだ朝までは時間あるし、いざとなったら徹夜でいくから大丈夫。——まあちょっと座れよ」

平静を装《よそお》っているつもりなのに、そんなにおかしく見えるのだろうかと首を傾げながら、諏訪に手を引かれるままに、近くの店先に置かれた床机に、並んで座った。

「岩崎さんのこと、前に聞かせてもらったことあったよな」

「ええ……」

岩崎は禿の頃から椛をとても可愛がっている。豪華な新造出しもしてくれたし、水揚げもそのあとの後見も、このうえないものを椛にあたえてくれるだろう。

だがそれは椛自身を愛しているからではなく、椛を別の傾城の形代《かたしろ》として、重ねて見ているからなのだ。

客である以上、花代さえ払えば、それでも何の問題もないとも言える。けれども岩崎のことを本当に心から慕《した》っている椛のことを思えば、藤野にはそれが正しいことだとは思えなかった。

諏訪は以前藤野がしたそんな話をあらためて思い出しているのだろう。考え込むような顔をしている。

「……気になります？　椛のこと」

「まあね。おまえの可愛がってる子は、俺にとっても可愛いし」

と、諏訪は言う。そんなこととは関係なく、椛自身を気に入っているくせに、と藤野は思った。

「だったら」

藤野の胸に、ふいにある考えが浮かんできたのは、このときだった。

「だったら、椛の水揚げに立候補してみますか？」

今まで、ほんのわずかさえも、頭を過ぎったこともなかった提案だった。

けれど唐突に思いつき、口に出してみれば、悪くない考えのような気がした。

椛のことは、椛を椛自身として大切にしてくれる、信頼できる男に見守ってもらいたい。その点、諏訪なら安心して任せられる。椛に対して恋愛めいた感情はないだろうが、きっと誠実な後援をしてくれる。

そしてまた、逆も。

藤野にとって、椛は見世に来たときから育て、ずっと可愛がってきた妓だ。藤野が見世を去ったあと、諏訪が椛の旦那として、藤野のかわりに椛の許へ通うようになってくれたら。

諏訪が外の世界で誰か一人のものになるくらいなら、まだ彼の一部が椛の中に残ってくれるほうがいい。そうすれば、藤野自身も少しだけでも諏訪の心に棲《す》み続けていられるかもしれない。

「はあ……？」

藤野の科白に、諏訪は呆れたように声をあげた。

「何、馬鹿なこと言ってんの」

「だって、俺はもうすぐ年季が明けるし、椛に引き継いでもらえばちょうどいいじゃないですか。あんただって岩崎さんに椛を持っていかれるのは惜しがってたでしょう。……ちようどいいんじゃないですか？」

「俺のこと試してんの？」

諏訪は冗談だと思っているらしい。笑いながらいつもの軽口で返してくる。

「だったら、心配しなくてもおまえ一筋だって」

「……上手になりましたね」

「先生がいいからね」

「でも……本気で言ってるんですよ？　あんただって、椛のことは凄く気に入って、可愛がってるじゃありませんか」

「そりゃ……でもそれは何ていうか、弟を可愛がるようなもので……」

諏訪の声に、困惑が混じる。

「それにしちゃ仲がいいですよね」

「何、妬いてんの？」

「違います」

つい本音が滲むのを、慌てて打ち消す。

「……俺のことだって、最初は対象外だったでしょうが。大丈夫ですよ。登楼ってみればどうにでもなります」

「待てって……！　なんでそんな話になるんだよ」

ようやく冗談ではないことを理解しはじめたらしい。諏訪の口調が変わった。

「第一、椛ちゃんには岩崎さんがいるだろ？　いくら問題があるって言ったって、水揚げもう決まってるし、他の男の出る幕なんかないって――」

「……ほとんど話は決まっているも同然とは言っても、まだ正式決定したわけじゃありません。それにたぶん、鷹村も岩崎さんのことはよく思っていない……。条件次第では、見世は納得すると思います」

「は……はは」

諏訪は乾いた笑いをこぼした。

「おまえな、もしかして本当に本気で言ってんの？」

「……ええ」

「登楼るってどういうことだか、わかってないわけないよな。俺に他の妓を斡旋《あっせん》しようってのか？」

「……斡旋だなんて……」

「おまえは女衒《ぜげん》かよ……!?」

諏訪は声を荒げた。滅多に声を荒げたことのない彼に、怒鳴りつけられたのは、これが初めてのことだった。

それは楽しさだけで積み上げてきた「恋人ごっこ」が、初めて崩れた瞬間でもあったのかもしれない。

諏訪の本気の憤《いきどお》りを感じて、藤野は戸惑った。再会してから——否、知り合ったころから数えても、こんな彼を見たことは一度もなかった。

（どうして？）

何故怒るのか、藤野にはよく理解できなかった。諏訪にとっても、そんなに悪い話ではないと思うのに。

「……そんな、人聞きの悪い……」

彼をどう宥めたらいいかわからないまま、藤野はなるべく冷静に話をしようとする。

「ただ、椛の面倒を見てやって欲しいって——」

「いい加減にしろ!!」

だが、諏訪はそれを遮った。額に手を押し当てて、深くため息をつく。

胸が潰れるような思いがして、言葉が出てこなくなる。

「……ったく、これも吉原じゃ普通のことだってのか……？」

「諏訪様……」

たしかに、よくあるとまでは言えないが、廓の常識からすれば、さほどおかしいことでもなかった。

沈黙を肯定ととったのか、諏訪は立ち上がった。

「話にならない。——帰る」

「諏訪様……!? どうして……」

何故怒るのかと問いかけようとすれば、諏訪の冷たい視線が藤野を突き刺した。こんな目を向けられたことが、今まで一度でもあっただろうか。

袖を引こうとする藤野の手を、諏訪は振り払った。

「おまえもちょっとは頭を冷やしたら?」

言い捨てて、歩き出す。藤野は追いかけたが、大股に去っていく男に追いつくことはできなかった。

大門に隔てられ、立ちつくす。

諏訪が乗り込んだ車が吉原から遠ざかっていくのを、藤野はただ呆然と見送るばかりだった。

4

「また手紙？」

髪部屋の片隅で、硯を前にぼんやりと佇《たたず》む藤野に、同朋《どうほう》の一人が声をかけてきた。

色子たちが張り見世の支度をしたり、他愛もない賭け事や噂話に興《きょう》じたり、思い思いにくつろぐ午後ののどかな時間だった。

「この頃、営業熱心だよな。年季明け前に荒稼ぎかよ」

その割には客は増えてないみたいだけど、と揶揄してくる。

「そういうわけじゃない」

放っておけ、と藤野は短く追い払った。人と談笑する気持ちにはなれなかった。

藤野が書こうとしているのは、営業の手紙というわけではない。

（いや……違うとも言えないか……）

諏訪に宛てて書こうとして、書きあぐねているのだった。

あの日を境に、彼は登楼しなくなっていた。

年季が明ければ、この仲は終わる。残された時間はあと一年しかない。なのに諏訪は、時間が惜しいとは少しも思ってくれないのだろうか。

以前は忙しさにまぎれて少しくらい間が空いても、花代が足りなくて困っているという営業の手紙の中に、本音を隠して登楼をねだれば、文句を言いながらもすぐに来てくれた。

——おまえ本当に俺のこと都合よく扱うよな

——そんなことないですって。会いたいって書いたでしょ？

けれども今回は、一度は何ごともなかったように登楼を促す手紙を出してみたものの、梨《なし》のつぶてだった。もう一通出してみようと思っても、どう書いたらいいのか。

本格的な喧嘩をするのは初めてだから、仲直りの方法もわからなかった。これまでは、「ごっこ遊び」であっただけに、気まずくなるということ自体、ほとんどなかった。

（あんなこと……言わなければよかったんだろうか）

何がそんなに彼を怒らせたのかさえよくわからないままに、藤野は思う。ちょっとした冗談だったことにして謝り、取り消せばいいのか。

それも決心がつかなかった。

椛の水揚げをという提案は、椛のためを考えてのものではある。椛を岩崎に任せることには不安があり、できれば他の信頼できる客をつけてやりたかった。

だがそれ以上に、椛の許に諏訪が通うようになれば、年季が明けても椛を介して諏訪の中に存在し続けることができるという考えを、藤野は捨てることができない。そうでなければ、年季とともに諏訪との繋がりはすべて消えてなくなってしまう。想像しただけでも、それは藤野にとってはたまらなく辛いことだった。

（だけど、もしこのままあの人が来なくなったら）

諏訪が登楼してくれるからこそ続いてきた仲だ。彼にその気がなくなれば、年季明けを待つまでもなく終わってしまう。

そしてそうなったとしても、責められる筋合いではなかった。むしろ相手に不自由しているわけでもない男が同情して、わざわざ大金をかけ、五年間も恋人ごっこにつきあってくれたのだ。

（……そういう人だってわかってて、俺がつけこんだだから）

これで切れたとしても、文句など言えるはずもなかった。むしろ感謝するべきだとさえ思う。

（……だけど、まさかこんなふうに突然終わるなんてことは）

こんなかたちで、こんなに気まずく。

馴染みになって五年、その前から数えれば、つきあいは十年以上にもなる。たった一度の喧嘩で終わるなんてことがあるはずがない。長い「恋人ごっこ」を、彼もそれなりに楽しんでくれていたと思いたい。

けれども可能性を考えれば、身体がどこまでも深く沈み込んでいくようだった。

いずれにしても来年には終わること——それはわかっていても、諏訪と離れる覚悟は、まだまったくできてはいなかった。


鷹村に呼ばれたのは、ぼんやりと張り見世の支度を整えていたある日の昼下がりのことだった。

滅多にないことに首を傾げながら階下へ降り、座敷の襖を開ける。そして藤野は目を見開いた。

真っ先に視界に飛び込んできたのは、床《とこ》の間《ま》を背に衣紋掛《えもんか》けに大きく広げられた、豪奢な仕掛けだった。

光沢《こうたく》のある薄紫の友禅《ゆうぜん》に、美しい藤花の模様が入っている。昔から着物を見慣れている藤野には、それがお職を張るような傾城でさえ滅多なことでは纏うことができない最上級の品だとすぐにわかった。

（……これは……？）

「お座りなさい」

つい見入っていると、鷹村に促される。傾城が仕掛けに見惚《みと》れるなどはしたない——と、叱る声が聞こえてくるようだった。

座卓へ視線を移せば、見覚えのない一人の男が座っていた。藤野はその向かいに腰を下ろす。

三十代……否、四十過ぎているだろうか。眼鏡の向こうの視線が、笑っているようで笑っていない。

鷹村から藤野を紹介されると、彼は名刺を差し出してきた。

「諏訪芳彦の秘書をしております。中島《なかじま》です。諏訪がいつもお世話になっております」

「諏訪様の秘書のかた……」

藤野は受け取った名刺を見つめた。彼の秘書なら、彼の遊び相手の色子のことを、よく思ってはいないだろう。笑っているようでも、どこか視線が厳しく感じるのはそのせいだろうか。

「こちらこそ、いつも諏訪様にはご贔屓にしていただき、ありがとうございます」

（……ということは、あの仕掛けは……？）

「諏訪様から、あなたにいただいたんですよ。こちらの中島さんが届けてくださいました」

と言われ、それを藤野は呆然と見つめた。

（……どうしてあの人が……？）

——仕掛けでもつくってやろうか

とは、たしかに前に会ったときに言っていたけれども、仕掛けは賭《かけ》の賞品だ。あの話は流れたのではなかったのか。まさか負けを認めて贈ってきたわけではないだろうし……。

（まさか）

「喜んでもらえてよかった」

中島の声で、藤野ははっと我に返った。

「反応を見てこいと諏訪に言われてきましたのでね。あなたが喜ぶかどうか、ずいぶん気にしていたようで」

「え、ええ……それは」

ぽっと上気した顔を見れば、何も口にしなくてもわかってしまったらしい。

よけいな負担をかけさせたくないとは思いながらも、諏訪が自分のために仕立てさせてくれたことを、やはり嬉しく思わずにはいられなかった。

諏訪はもう何週間も登楼していなくて、これで切れるのかもしれないとさえ恐れていたのに。

そして、藤野ははっとした。

（……もしかして、流連のかわりに……？）

あのとき藤野は仕掛けよりも流連がいいと言い、そういう約束になっていたはずだった。

けれども諏訪は登楼する気をなくし、かわりに仕掛けを寄越したのだとしたら……？

「あの……」

それはとてもありそうなことに思え、胸が捻《ねじ》れたように苦しくなる。

「これは紋日のために……？」

「ええ」

たしかめようと遠回しに探りを入れれば、中島は頷いた。

「当日にはぜひ諏訪にも見せてやってください。非常に楽しみにしておりますから」

「え……？」

藤野は思わず目を見開いた。

「……いらっしゃるんですか……？」

「ええ、勿論。紋日から三晩、流連で買い切り……約束したと申しておりましたが？」

「え……、それは……したんですけど……」

たしかに、約束はした。ふだんなら簡単に約束を破るような男ではないし、あんなふうに別れていなければ藤野も当然、指折り数えて楽しみにしていただろう。

(よかった……反故《ほご》になったわけじゃなかったんだ)

会える喜びと、終わったわけではなかったことにほっとしたのとで、じわりとあたたかいものが胸を満たす。

（よかった……）

仕掛けから目を逸らせずにいる藤野に、中島は言った。

「羽織ってみられませんか」

「え、でも……」

贈られた仕掛けを、その場で羽織ってみせるというのはありなのか。

鷹村へ視線で問いかければ、彼は薄く笑みを浮かべている。傾城が客から仕掛けを贈られても、見世にはなんら利益はないが、やはり喜ばしくは思っているらしい。

鷹村は控えていた禿たちに、襖を隔てた奥の間で、藤野の着替えを手伝うように申しつけた。

藤野は着かけていた仕掛けを脱ぎ落とし、かわりに諏訪に贈られた仕掛けを羽織る。

姿見に写して見ると、とてもよく映っていた。見慣れているはずの自分の姿に、つい見惚れそうになる。諏訪の見立てはたしかだと思う。

（そういえば……昔も）

母親や恋人たちに着物を見立ててやるときも、諏訪は趣味がよかった、と思い出す。店の主人だった養父よりずっとだ。

彼によけいな負担をかけたくなくて、物を贈ってくれるくらいならそのぶん花代にして、

会える時間が増えたほうがいいとずっと思っていた。それは本心ではあるけれども、もともと呉服屋を継ぐはずだった身の上で、着物が嫌いなわけがない。

好きな男から贈られた仕掛けを纏えば、たまらない幸福感に満たされた。着物というより、諏訪に抱かれているような気持ちになった。

鏡の中に映る、仕掛けを纏った自分が喜びに弾んでいるように見えて、ひどく気恥ずかしかった。

（……こんなに嬉しいものなんだ……）

他の誰に貢がれるのとも違う。長く色子をやっているけれども、初めて知る感情だった。

本当は葛屋にいた頃から、諏訪に着物を見立ててもらい、買ってもらえる彼の恋人たちが羨ましかった。次々と現れる彼女たちの、輝くような笑顔が眩しくてたまらなかった。

自分に贈られることは、きっと一生ないと思っていた。

（……お礼の手紙を書こう）

と、藤野は思った。仕掛けを貰ったことは、登楼を促す手紙を書くちょうどいい口実にもなってくれる。

着替えが済むと、つい緩《ゆる》みそうになる顔を一生懸命引き締めながら、藤野は座敷へと戻った。

（あ……？）

そのときには、鷹村の姿は見えず、中島だけが藤野を待っていた。

「ああ……とてもよくお似合いです。諏訪も見たらきっと喜ぶでしょう」

と、中島は言った。

「ありがとうございます」

他愛もないお世辞《せじ》に、つい顔が火照《ほて》るのを感じてしまう。傾城としてはありえない失態だった。

藤野はごまかすようにうつむいて座った。

「着せてから、一番に脱がせるのを諏訪は楽しみにしていましたよ」

その科白に、またのぼせてしまう。我ながら嫌になるような顕著《けんちょ》な反応だった。

「そんなことを、秘書のかたにまで……」

「まったくです」

と、中島は笑い、藤野は少しいたたまれない。

「あの」

振り払うように、先刻から気になっていたことを口にした。

「鷹村は……？」

「鷹村さんは、お電話があって席を外されました。あなたと二人で話をしたかったので、ちょうどよかったです。機会がなければ口実をつけて大門まで送っていただこうかと思っ気がした。
けれど切り出された途端、藤野は聞くまでもなく彼の話の内容が、わかっているような
「お話……どんなお話でしょう」
ていました」

「たぶん、お話するまでもないことだとは思うのですが」

と、中島も言った。

「私は諏訪の父親からお目付け役を頼まれているので」

ああ、やっぱり、と藤野は思う。

「廓遊びくらいは男の甲斐性《かいしょう》だと思うのですけれどね。それなりにわきまえて遊んでいたようだし……」

通うだけで、入れあげたりはしていなかったという意味か。具体的には、高価な貢ぎ物をしたり、入り浸ったりはしていなかった、と。

それがここへ来て急に仕掛けをつくってやったり、流連したりするという。諏訪の身内としては、気になってもしかたがないのかもしれなかった。

最初から、中島の来訪はこういう話なのではないかと予感しないでもなかったのだ。自らが仕える政治家の馴染みの傾城など好ましく思っているはずはないのに、不思議なくらいの愛想のよさも、却《かえ》って引っかかっていた。

「来年には、年季が明けられるとか」

「……ええ」

「遊廓の中のことについては、野暮なことは申しません。ただ、外ではちょっと。彼には今、いい縁談が進んでいるところですし……」

「……」

縁談のことは知っていたとはいえ、諏訪の秘書から直接聞かされれば、胸に痛みが走った。間違いかもしれないと、どこかで信じたがっていたのかもしれなかった。

藤野は気づかれないよう、そっと手を握り締める。

けれどもその反応で、中島は藤野がそれを知っていたことを悟ったようだった。

「おや……ご存じでいらした？」

聞かれれば、頷くしかなかった。

「……ええ、まあ」

「この話を快く思わない人もいるので、できるだけ隠していたつもりなのですが……。諏訪から直接？」

「いいえ」

その「快く思わない」派閥の人間から聞いたのだ。隠しているのだとしたら、まったく成功してはいない。

「そうですか……」

諏訪でないとしたら、他の客に聞いたのだろうということは、察するに難《かた》くない。中島は、藤野に問うまでもなく納得したらしかった。たまに藤野が、閨《ねや》で仕入れた情報を諏訪に流していることも、知っていたのかもしれない。

「私の言うことを、わかっていただけますか」

「……ええ、勿論です」

平静を装い、藤野は答えた。

秘書が最も気にしているのは、おそらく藤野が外へ出てからも関係が続いてしまうことなのだろう。それが諏訪の結婚生活に影を落とすのではないかと。

最初からわかっていたことだとはいえ、自分の存在自体が害なのだと指摘されるのは辛かった。諏訪に近い、諏訪のために動いている人間からの言葉だから、よけいだった。

「……金の切れ目が縁の切れ目と申します。どうせ年季明けまでのおつきあいです。……どうぞ、ご心配なく」

「それを聞いて安心しました」

中島は微笑を浮かべた。

諏訪のしあわせを邪魔をするつもりなど、藤野にはもとよりありはしなかった。

では、これでと中島は席を立つ。

ちょうど戻ってきた鷹村に見送りを任せ、藤野はその場にぼんやりと座ったまま、立ち上がる気になれなかった。

5

翌月、藤野は二十六の誕生日を迎えた。

紋日の当日には、いつもより時間を掛けて支度をした。昼のうちからゆっくりと湯を使い、髪を整えて、贈られた仕掛けを纏う。

中島から言われた言葉が重かったけれど、ひさしぶりに会えると思えば、やはり心は浮き立った。

諏訪の登楼は、中引《なかび》けを過ぎたころのことだった。

禿に知らされて、飛び上がるように迎えに降りる。つい足どりが弾みそうになるのを、なんとかごまかそうとする。

一階へ続く階段の上から見下ろせば、諏訪がちょうど鷹村と談笑しながら、玄関の框《かまち》を上がってくるところだった。藤野を見つけて、笑みを浮かべる。

「藤野……！」

その瞬間、ぱっとあたりが明るくなったような気がした。

残りの段をつい駆け降りそうになるのを堪《こら》えて、藤野はできるだけゆっくりと降りていった。

「わ……っ」

その途中、二、三段を残したところで、ふいに諏訪の手が伸びてきた。かと思うと脇に差し入れられ、ふわりと抱き下ろされる。

まさかそんなふうにされるとは思わず、藤野はひどく焦《あせ》った。

動悸《どうき》はなかなか収まらず、廊下に着地してもまだどきどきしているくらいだった。

「よ……よく持ち上がりましたね」

身体だけならいざ知らず、傾城の羽織っている仕掛けにはかなりの重さがある。それごと抱えるなんて。

「一瞬ならね」

諏訪は藤野の姿をしげしげと眺める。

「よく似合ってるじゃん。俺の見立てに狂いはなかったな」

ひさしぶりに近くで顔を見、やわらかい声を聞いて、じわりとこみ上げてくるものがある。

（もう、会えないかと思った）

藤野はさりげなく顔を背け、それを隠した。

「……何を着ても似合うんです」

「ま、そうだけどさ」

諏訪はあっさりと肯定した。藤野のこれくらいの科白なら、彼ももうすっかり慣れているのだ。

「でも特別今夜は綺麗に見えるよ」

「……それは、どうも」

何の関係もない中島に誉められてさえ平静を装えなかったくらいなのだ。当の諏訪に言われればなおさらだった。上手い切り返しも出てこないまま、ただ目許を赤らめるばかりだ。

「あ……」

礼を言おうとして、藤野はひどく照れて口ごもった。傾城として、立て板に水を流すように、これまで何度も同じような謝辞《しゃじ》を述《の》べてきたというのに。

「ん?」

「……いえ……」

「なんか、今日は可愛いな。おひさしぶりです、って言わないの?」

いつものやつ、と諏訪は揶揄ってくる。藤野は彼を軽く睨んだ。

「——ずいぶん遅かったじゃないですか」

つい、甘えた口をきいてしまう。昼間から支度をしてあったのに中引けまで待たされて、少し拗《す》ねたような気持ちになっていたのも本当だった。

「もう来ないと思った？」

その可能性もあると思っていた。今夜どころか、もしかしたらもうずっと――とさえ恐れていた。

中島は、諏訪は登楼するつもりだと言っていたし、簡単に約束を破るような男だとは思わない。とはいえ、こういうすっぽかしは、廓においてはある意味約束を守ったうちに入らないこともないのだ。

紋日に支度だけ整えてやって、本人は登楼せずに傾城を休ませてやる――そういう客を、大見世では「粋」と呼んだりもするからだ。

諏訪が敢えて粋を気取ろうとしたとは思えなかったが、顔を合わせるのは嫌でも、約束だけは果たそうとしてくれた――ということならありうるかと思った。

「……無理して来なくてもよかったんですよ。花代はもらってるし」

「せっかく可愛かったのに、最初からそういうこと言わないの」

ちゅ、と彼は唇を塞いでくる。ひさしぶりの感触に酔って、藤野はされるがままになる。

「一度ぐらい粋なこととして、おまえを感心させてみようかと思わないでもなかったんだけど」

そういえば昔、諏訪にもそんな話をしたことがあっただろうか。

――へえ。じゃあ俺もそういう粋なこと、一回くらいやってみようかな
と、彼が言うのを、慌てて止めた覚えがある。

――馬鹿なことを。うちの花代は高価いでしょ？　散財したぶんだけは、しっかり愉しんでいってくれたらいいんです。無理をするのはかえって野暮ってもんですよ
本人が登楼らずに仕掛けだけ届いても、藤野にとっては意味がないのだ。ただ会いたいだけ――そのためなら、本当は身揚がりしたっていいくらいだった。そんな気持ちは、決して悟られるわけにはいかないけれども。

「……柄《がら》にもない」

「だよな」

と、諏訪は笑った。

「ほんとは仕事片付けてたんだ。泊まれるようにさ」

忙しいのに、無理をして来てくれたらしい。その気持ちが嬉しかった。疑っていた自分を、藤野は少し恥じた。

座敷に芸者を呼んで宴を張り、台の物を取って、他愛もない話をしながら一緒に食べた。

「たまにはいいだろ」

誕生日だから、おまえの好きな物を、と言われ、頑《かたく》なに拒むのもどうかと思い、遠慮な

く注文させてもらった。

そのあとで、藤野の本部屋へと上がった。

諏訪が前回の桃のことについて何も言わないのは不思議だったが、自分から言い出すことはできなかった。

ちょっとした口争いをして、抱きあっているうちになんとなく仲直りしたことは、以前にも何度かあった。今回もそんなふうになるのなら、それでいいのかもしれないとも思う。問題は何も解決したわけではないけれども。

「……そろそろ隣、行きます？」

頃合いを見て、藤野は促した。続きになった奥の間には、三つ重ねの褥が用意してある。

「……疲れてるでしょう？　じっとしてていいですよ。仕掛けのお礼に、全部してあげます」

とはいえ、それはいつものことでもあった。口淫は毎回、しないということがなかったし、それ以外のことでも、諏訪を愉しませるためなら何でもしてきた。

藤野の許に通ってはいても、諏訪には今は縁談の相手との交際があるだろうし、それ以前だって、娑婆でつきあっている相手がいないなどとは、まさか思ったことはなかった。だからこそ、本物の恋人にはできないことをしたかった。

だが、諏訪は言った。

「だったら、むしろさせてくれない？」

「え？」

「誕生日なんだし、俺がサービスするのが普通だろ」

「でも」

「それに、一度おまえのこと、思いきり弄《いじ》りまわしてみたかったんだよねえ。身体に負担がかかると思って遠慮してたんだけど」

「な……」

いやらしい言いかたとその内容に、一瞬絶句する。

そういえば昔、されるよりするほうが好きなのだとは言ってはいたかもしれない。けれども通うようになってからはずっと、大人しく藤野がするのに任せていたくせに。

「何言ってるんですか。あんた、不満だったんですか？」

「いや、十分愉しませてもらってるけど。ちょっと違うプレイがしたいとでもいうか」

「……男の身体ですよ？」

「おまえの身体だろ」

そんなふうに返されて、ぽっと頬が熱くなる。好きな男から、おまえの身体だからさわりたいのだと言われれば、いつもの軽口だとしても嬉しくないわけはない。

「……でも」

か。


「恥ずかしい？」

「そんな、まさか」

本当は、諏訪にすべてを晒すのは、とても恥ずかしいに決まっていた。けれど色子が客に身体をふれさせることを、恥ずかしいから嫌だなどと、言えるはずがなかった。長いつきあいになるが、諏訪にそんなふうにじっくりと身体を弄らせたことはない。本当に諏訪はそんなことをしたいのだろうか。女性の身体ではなくても、引かないのだろうか。本
「じゃあ、いいよな？」

「……まあ、いいですけど」

気がつけば藤野はそう答えるしかなかった。

「まずは脱がせるところからだよな」

と、諏訪は帯に手をかけてくる。

「着物を贈るのは、脱がせるためだって言うし」

その表情はひどく楽しげに見える。

「……あっちに床《とこ》が延べてありますけど」

「ここでいいんじゃね？　よく見えるし」

にやにやと笑みを浮かべながら、諏訪は言う。

「って、灯りつけたままやるつもりですか……!?」

「だめ?」

「だめです」

「あ、こら」

藤野は素早く行燈を消してしまう。諏訪は残念そうに舌打ちするが、それでも部屋は月明かりで明るかった。

大帯を解くのには苦労して、まるで共同作業のようだった。見かねて手を出した藤野に、諏訪は微笑った。

畳の上に押し倒される。仕掛けをはだけられ、襦袢の襟《えり》を開けられて、素肌をあらわにされてしまう。

「……綺麗な肌、してるよな。白くて……思ったとおり、藤色がよく映《は》えてる」

平らな胸に注がれる視線を遮りたくて、藤野は思わず前をかきあわせようとしたが、その手はやんわりと押し退《の》けられた。

諏訪が胸にふれる。

「……っ」

てのひらで撫でられ、藤野は小さく息を詰めた。

「……可愛い」

「何、っ……あっ……！」

諏訪は藤野の胸の小さな乳首を摘《つ》まんだ。指のあいだでやわやわと育てられる。

そんなものをさわって楽しいのだろうかと藤野は思うが、諏訪はやめようとはしなかった。

「あ……」

片方の乳首を指で撫で上げながら、もう片方を咥える。軽く歯を立てて、そのあとをざらりと舐められれば、ぞくぞくと下腹まで疼《うず》いた。腰が浮き上がりそうになるのを、どうにか堪えた。

「あ……ん、んっ……」

声を抑えようと唇へ手を運べば摑まれ、剝がされる。

「声は……わざと出すものじゃなかったっけ？　客を煽って、早く終わらせるために」

聞かせて、と囁いてくる。

「……嬉しいんですか……？　男の喘《あえ》ぎ声なんか聞いて」

「そんなに変わらないだろ」

「あァっ……！」

カリ、と歯をたてられ、つい高く声をあげてしまう。諏訪は満足そうに笑った。

「痛……っ、ちょっ」

噛んで、舐めるのを繰り返す。そのたびにどんどん乳首が敏感になって、藤野はたまらない気持ちになる。

「そ……そこばっか……」

「朝までここ、弄ってようか」

「何を馬鹿なこと……っ」

「されたことない？」

「……るわけないでしょ、ばかばかしい」

「じゃあ、俺が初めてってことか」

諏訪は嬉しそうに言った。もしかして本気で言っているのかと、藤野は慌てる。

「冗談でしょ、ちょっ……んんっ」

その途端、また噛まれて、びくっと身を引きつらせた。

「信じられない、変態……っ」

「なんとでも」

何故諏訪がそんなことをしたがるのか、藤野にはよくわからなかった。

乳首を弄る客はいるが、もともとふくらみがあるわけでもない小さな粒を弄っても、さほど面白くはないらしい。こんなにも執拗《しつよう》にされることは滅多になかったし、藤野自身、あまり感じることもなかった。

それなのに。

「あ、あぁ、あぁ……っ」

反応を隠しきれない。いつもでは考えられないくらい本気で感じていること、悟られたくないのに。

「は……ぁっ……」

舐め上げられ、ぞくぞくと腰が浮く。噛んで、潰して、いやらしい音を立てて吸い上げて。

「あ、あぁ……っ、ふぁ……っ」

「凄い、こりこり」

「あぁ……!」

完全に凝《しこ》った乳首に犬歯を立てられ、背を反らす。下にまでびりびりと響いてたまらなかった。

「おっぱい出るかな」

「出るわけな……っんあぁぁ……っ」

じゅっ、と音を立てて強く吸われて、また嬌声《きょうせい》を上げてしまう。馬鹿、と言ってやる余裕もなかった。

「も……いいでしょ……」

きつく背を反らし、喘ぎながら、藤野は言った。

「何？」

諏訪は問い返してくる。

「下、さわって欲しくて我慢できなくなってきた？」

「……ッ違います……っ」

「そうかなあ？」

ふいに諏訪は沈み込んだかと思うと、藤野の襦袢の裾《すそ》をめくった。

「やめ……っ」

「凄い、びしょびしょ」

隠そうとした手を押し退け、諏訪は覗き込んでくる。藤野は殴りつけたいような気持ちをぐっと堪えた。

藤野のそこは、屹立してぬるぬるになっていた。しかも諏訪の視線と科白に反応して、彼の目の前でとろりと雫《しずく》をこぼしてしまう。

「また、濡れた」

「そういうこと……っ」

「さわって欲しくない？」

「……っ……そっちこそ……っ、さっきから脚に、当たってますよ……っ」

「そりゃまあねえ……こんなやらしい姿、見せられたら」

諏訪はそう言って、ゆっくりとズボンの前をあけ、自身を取り出す。

「こういうふうにもなるよねえ」

見せつけられて、ぞくっと背筋に戦慄《せんりつ》が走った。それを体内で受け止める感覚を思い出し、後孔が勝手にひくつく。

諏訪は見世に備えつけの潤滑剤を自身に垂らして、塗りつけるように扱いた。上下に動く諏訪の手の中で、彼の赤黒い性器が張りつめてぬめぬめと光っていた。はしたないと思うのに、藤野はそこから目を離すことができなかった。見つめているだけで、息が上がる気さえした。

諏訪は藤野の片脚を抱え上げ、後ろへふれてきた。濡れた指で襞を撫で、ひくりと収縮して緩んだところへ挿《さ》し入れる。

「……っ……そんなとこ……っ」

「いやらしいから恥ずかしい？」

そういうことではなくて。——否、堪えようとしてもどうしようもなくうねる内部の反応を知られるのは、やはりひどく恥ずかしいけれども。

「凄いな。ほら、中とろとろ」

煽るように言いながら、諏訪はぐちぐちと中を掻き回す。藤野の窄《すぼ》まりはそれを難なく受け入れて、食い締める。

「んん……っ」

「欲しい、って言ってるみたいだな。——ここ、気持ちいい？」

「あッ……！」

諏訪は繰り返し、藤野の前立腺を押し込むように刺激してくる。いつのまにそんなことを覚えたのかと思う。

「いつまで、そこ……っ」

藤野は頭を振った。黒髪がさらさらと畳に流れる。

「じれったい？」

「ばか……っ」

「そう催促されちゃあ応えてやらなきゃな」

もうちょっと弄りたかったけどな、と諏訪は言った。

「冗談……っ」

彼は笑って指を引き抜き、かわりに自身を宛がった。

「挿れてもイかないでね」

「な……」

「まだそこまで盛《さか》ってないよねえ？」

「……ッ」

そんなふうに言われたら、達することなどできるわけがなかった。

「ゆっくりするから」

宣言して、諏訪は身体を進めてくる。たっぷりとぬめりをあたえられていて、たいして痛みを覚えることなく諏訪のものを受け入れていく。

「——ん、んぅっ……」

感覚を散らしたくて、藤野は指を噛んで耐えようとした。

「ああ……そんなことしたら傷がつくだろ。綺麗な指なのに」

それをやんわりと諏訪に外される。

「そこまで我慢させるつもりじゃなかったんだけどね」

そして軽く指に口づけ、手を握ったまま、彼は腰を突き上げた。

「ひ、あああ——っ……」

ひどくきついのに、満たされたような思いで、藤野の肉筒はそれを食い締める。

「……あ……あ……っ」

達しそうになり、ぎりぎり踏みとどまって喘ぐ。諏訪が包み込んだところがびくびくと痙攣する。

「……、すげ、気持ちいい」

上で諏訪が小さく息を詰める。

「痛く、ない？」

「……痛いですよ……っ」

「まあ大丈夫か……こっち、気持ちよさそうだもんな」

「あ……っ！」

身体を折るようにして裏筋に息を吹きかけられ、藤野はまたびくんと震えた。

諏訪は小さく笑い、また乳首へ手を伸ばしてくる。こりこりに凝ったそれを強く抓《つね》りながら、中のものを半ば引き抜き、再び深く貫《つらぬ》いてきた。

「あ、あぁっ――……」

その途端、内襞がきゅうきゅうと諏訪を締め付けたのがわかった。

（イく……っ）

堪えようとして、堪えきれずに藤野は吐精した。ぐったりと身を投げ出し、肩で息をつきながら、諏訪を見上げる。睨みたかったが、そういう視線にはならないようだ。

「色っぽい」

と、諏訪は目尻に接吻《せっぷん》してきた。

「……ったく、何がしたいんですか、あんたは……」

「うーん……。他の男が手をつけてないとこを開発？」

「……物好き」

「なんとでも」

と言う彼の視線は、乳首のあたりにある。

（……？）

「おっぱい出たみたいだよな」

「え？　な……っ」

何のことかと見下ろせば、藤野が出したものが、乳首のあたりまで飛んでいるのだった。

言われてみれば、そんなふうにも見えないことはないだろうか。いや、でも。

諏訪は笑ってそこへ唇を落とし、藤野が零したものごと吸い上げる。

「ひぁ……っ」

舌で乳首のまわりを舐め回され、過敏になっているところを更に刺激されて、諏訪を受け入れたままの体内がびくびくと震えるのが、自分でもわかった。

「……そんなもの、舐めるなんて……っ」

自分が出したものを。

諏訪の唇の端が白濁《はくだく》で濡れているのを見ると、ひどく顔が火照った。

「やっぱおっぱいの味じゃないな」

「――馬鹿」

今度こそ呆れて、思わず頭をたたいた。

諏訪の首へ手を伸ばし、脚を背に絡め、交差させて引きつける。

「も、そこはいいでしょ。普通にしてください。ね？」

「もうちょっと弄りたかったけどなあ」

「これ以上は痛いです。——ちゃんと中で達かせてください」

やわらかく締めつけながら娼妓らしく甘えれば、諏訪は軽く口笛を吹く。

「わかったよ。じゃあ、乳首ちゃん、また今度な」

そう言って、乳首に口づけた。

「……ほんと、馬鹿」

呆れるばかりの藤野を後目に、諏訪は動きだす。

「あ……っ」

途端に快感が背筋を貫いてきた。

「ああ、ああっ」

中を抉《えぐ》りながら、前にも手を添えて擦られる。両方に同時に快感をあたえられ、腰が溶けるほどの悦びを覚えた。

「そん、なの……っ、あ、あぁ、あぁ……っ」

「藤野、気持ちい？」

「んっ……手、だめ……っ」

「手？　こうするのが……？」

大きなてのひらで包み、扱き上げる。それだけで目の前が白くなるほどだった。いつのまにか淫らに両脚を大きく開き、自ら下腹を擦り寄せてしまっている。

「中とあわせて擦ると、気持ちいいだろ」

快楽になかば朦朧《もうろう》となって、藤野は頷いた。

「……っあ、あ……そこ……」

「ここ？」

「あぁ……っ」

藤野は背を撓《しな》らせて喘ぎながら、無意識に自らの指を胸へと伸ばしていた。

奥を突かれ、それにあわせるように擦り上げられるたびに、そこがじんじんと疼いて納まらないのだ。

「あっ——」

指先で捉え、爪を立てる。その手を、諏訪が掴んだ。

「痛いんじゃなかったの」

「……でもっ……」

「気に入ってくれたのは嬉しいけど、爪はちょっとな。——もしかして、痛いの好きなの？」

まさか肯定するわけにもいかずに、藤野は首を振った。別に被虐《ひぎゃく》趣味があるわけではないと思うのだ。ただ、今はひどく敏感になっている場所だから。

「いいから……っ」

して、と呟く。

「はいはい」

と、諏訪は言った。胸に唇が落ちてくる。

「あっ――」

再び吸い上げられる痛みの混じった快感に、藤野は声をあげて背を撓らせた。


途中で奥の間へ移って、寝ると言いながらも止められなくて、どろどろになるほど何度も交わった。いつのまに眠ったのかさえわからないほどだった。

しばらくして藤野は、頬にふれる温かな感触で目を覚ました。

瞼を瞬《しばた》かせ、自分を覗き込んでいる諏訪の顔を捉えて、思わず飛び起きる。

「……芳彦さん……！」

諏訪の腕に抱かれていた。頬に感じたのは、彼のてのひらだったのだ。

彼はにやにやと笑みを浮かべている。

「何、俺に惚れた？」

「えっ……!?」

言い当てられたのかと思い、一瞬恐慌《きょうこう》する。そんなにも顔に表れていただろうか。

「な、なんで……」

「名前」

指摘され、自分が彼を名前で呼んでしまったことに、ようやく気がつく。寝起きに彼の顔を見た動揺のまま、夢の延長線でするっと口を突いて出てしまったようだった。

——そっちが勝てたら、前みたいに名前で呼んであげます
という約束になっていた。惚れたら負け、惚れさせたら勝ち。

けれども本当の気持ちは一生告げるつもりはないから、藤野が諏訪を名前で呼ぶことは、もう二度とない。

「——まさか」

藤野はふいと目を逸らす。

「ただ、ついうっかり」

「へえ？」

諏訪は藤野の髪を弄る。艶を含んだような笑みに、藤野はなんとなく襦袢の前を掻きあわせた。明るいところで、薄い胸を見られるのが恥ずかしかった。

「……おはようございます」

ばつが悪く、目を逸らしがちに藤野は言った。陽の高さから推測すれば、既に昼に近くなっているだろうけれども。

「おはよう」

「起こしもしないで見てるなんて、悪趣味ですよ」

「絶対、おまえより早起きしてやろうと思ってたんだ。五年になるのに、寝顔見たこともなかったもんな」

「……そうでしたっけ」

「泊まったことなかったしな。可愛い寝顔ごちそうさま」

「何言ってるんです」

揶揄う科白に、藤野はつい顔を逸らした。

朝、すぐ傍に諏訪がいるという初めての事態に戸惑い、どう振舞ったらいいのかよくわからなくなっていた。前もっていろいろ考えていたはずなのに、何故だか思い出せない。

諏訪が傍にいるだけで、どうしてこんなに冷静でなくなってしまうのかと思う。

泊まりや流連の客は今までにもいくらでもいたが、そういう客たちは、起きたらどうしていたのだったろう？

（そうだ……）

「あの……お風呂でも行かれます？」

「風呂？」

「泊まりのお客様は、だいたいみんな朝湯をつかわれます」

「へえ……？」

諏訪はわずかに唇を歪める。

「けっこう泊まってく客っているんだ？」

「まあ、多くはないですけどね。お金かかるし。……妬けます？」

「別にぃ」

「素直じゃないですね」

どっちが、と内心自分で突っ込みながら、藤野は笑った。

「お風呂のあいだに、食事の用意も頼んでおきますから」

「じゃあ、背中流してくれる？」

「何言ってるんですか、お客様用のお風呂に、色子が一緒に入れるわけないでしょう」

そういうことをねだってくる客はいるが、見世では禁止されているし、承知したことはなかった。藤野は一蹴する。

「花代はずんでも無理？」

「無理です」

「……ってことは、本当に無理なのか」

「どういう意味ですか、それは」

ちぇ、と諏訪は舌打ちしながら起き上がった。

「あ……」

そのとき藤野はふと、諏訪の背中に残る引っかいたような痕《あと》を見つけてしまった。自分が極めたときにつけてしまったのだと気づいて、かっと頬が熱くなる。

客の身体に傷をつけるなど、大見世の娼妓としては二流の振舞いだ。外に特定の相手がいる場合、よけいな厄介《やっかい》ごとのもとにもなりかねないのに。

(特定の相手が……)

「ん？」

「……別になんでも」

教えて詫《わ》びるべきだと思うのに、藤野はついごまかしてしまった。自分の恥だからというだけでなく、何故だか謝りたくなかった。

藤野の思いも知らず、諏訪は大きく伸びをする。

「な、藤野」

「はい？」

「内湯とかないの？　あったらこっそり……」

何のことを言っているのかと思えば、諏訪はまだ風呂で背中を流してもらうことを諦めてはいなかったらしい。

やれやれ、と藤野はため息をついた。

「見世の妓のための内湯はありますけど、他の妓に見つかってもまずいですし」

「人が少ない時間とか」

「……」

だめです、と一蹴しようとしたけれども。

ふと、魔が差したとでも言えばいいだろうか。この陽の高さはまだぎりぎり午前中だ。一番、風呂が空いている時間ではあった。

できれば、希望を叶えてやりたいという気持ちはある。それに今回を逃したら、二度と諏訪の背中を流す機会などないのはわかっていた。

「……ほんとにしようのない人ですね」

気がつけば、藤野はそう答えていた。

「背中、流すだけですよ」

結局、それから二人してこっそりと内湯へ忍び込むことになった。

（まったくもう……）

諏訪には、ちょっと甘えてみせれば誰にでも、何でも言うことをきいてもらえると思っている節がある。育ちのせいか、生まれつき整った甘い顔立ちのせいなのだろうか。

人に見つかれば非常にまずいことになるのは明らかなので、藤野は緊張していたが、諏訪はのんきなもので、上機嫌でついてくる。口笛を吹きかけたので、慌てて叱ったほどだった。

まだ早い時間だったせいか、幸い内湯には誰もいなかった。

脱衣所の中に入って、「清掃中」の札を勝手に出してしまう。見世に十年以上いれば、札のしまってある場所くらいはなんとなく知っていた。

大人数が一度に使うこともある浴室は、内湯とはいえ桧《ひのき》で、贅沢《ぜいたく》に広い。

「温泉みたいだな」

と、諏訪は楽しげに言った。

「そんないいもんじゃないですけどね。──はい、座って」

「え？」

肩を押さえ、鏡の前に座らせる。

「おまえは脱がないの？」

「背中流すだけって言ったじゃないですか」

藤野は襦袢を纏ったままだったが、流すだけならこのままでも問題ない。

「ちょっと湯女《ゆな》みたいで悪くないでしょ」

「ええ――？」

「前向いてくださいね」

抗議の声を受け流す。石鹸をつけた手拭いで、さりげなく傷を避けて背中を擦った。ついでに身体の他の部分と、髪まで洗ってやる。たいした手間でもないからついでだが、諏訪の気持ちよさそうな顔を見ているのは、悪くない気分だった。

「な、あれ何？」

浴室の片隅に盛られた泥状のものを見つけて、諏訪は聞いてきた。

「糠《ぬか》ですよ」

「糠？」

「使い捨ての糠と糠袋が備え付けてあるんです。糠で磨くと肌の肌理《きめ》が細かくなるって聞いたことありません？」

「そういえば……」

なんとなく知ってはいるらしい。

「おまえもやるの？」

「まあね」

買われてきた頃は、熱心に肌を磨き、髪を梳いたものだった。

あの頃、藤野の瞼にあったのは、諏訪の恋人だった女性たちの艶やかな姿だったと思う。顔立ちは変えられなくても、肌や髪ならあんなふうに近づけるかもしれない。諏訪と再会することがあるなどとは当時は思いもしていなかったけれども、彼が手を伸ばしてきたときには報われたような気がしたものだった。

「なるほどねえ、それでこんなすべすべの肌が――」

諏訪は肩に乗せられた藤野の手を握ろうとする。藤野はその手を軽く叩き、桶《おけ》の湯をざばっと頭からかけた。

「うわっ」

「はい、おしまいです」

「おまえ、ひでぇよ」

睨んでくるやや情けない顔は、けれど愛嬌があって可愛い。藤野は喉で笑った。

「さ、もう入っていいですよ」

「へーへー」

言われるまま、諏訪は湯船に沈んだ。そして気持ちよさそうな吐息をつく。

「いい湯だな」

「それはよかった」

「おまえは?」

浴槽の縁《へり》に肘《ひじ》をつきながら、諏訪は聞いてきた。

「え?」

「一緒に入んねえの?」

「何言ってるんですか、……あっ」

油断した一瞬の隙に、手を摑まれていた。諏訪がにやりと笑ったのが、一瞬目に映る。

そのまま強い力で引っ張られ、あらがう余裕もなかった。

「ひっ――」

大きな水音とともに、藤野は湯の中に引きずり込まれたのだった。

頭まで一度ずっぽりと浸《つ》かってしまい、数秒かけてやっと浮かび上がる。そしてどうにか這《は》い上がって浴槽の縁に腰掛け、はあはあと息をついた。

「も……ありえないでしょう、これ……」

睨んでも、諏訪はへらへらと笑うばかりだった。こんなにびしょ濡れになっては、この襦袢はもうだめかもしれない。どっちみち来年には年季が明けるのだから、一枚くらいいいいようなものではあるが――。

「たしかに、着たままってのもけっこう色っぽいよな」

そう言われ、ふと視線を落とせば、襦袢が肌に張り付いている。諏訪はそれをにやにやと眺めていた。

反射的に逃げようとして捕まり、腰を掴んで引き戻される。

「ここも、襦袢の上からくっきり」

そう言ったかと思うと、諏訪はかりっと歯を立ててくる。

「あぅっ――」

とっさのことで、藤野は阻《はば》むことも声を殺すこともできなかった。

湯船の縁に座らせた状態で、諏訪は藤野の胸を吸いながら、裾に手を伸ばしてくる。

「ちょっ……」

藤野は押し退けようとしたが、それより早く中心を握られた。諏訪はそのまま手にしたものをぐちぐちと揉みはじめる。

「あっ、やっ……、」

最初のころにくらべれば慣れたとはいえ、あまり技巧的とは言えない指だった。けれども藤野は、諏訪に握られているというだけでひどく感じた。自分で慰めるときも、彼はこんなふうにするのかと思うと。

指先がイイところを掠め、びくりと反応してしまう。

「ここ気持ちい？」

「ちが、やめ、っ」

「違うんだ？」

聞きながら、愛撫をやめようとはしない。やわやわと揉み込まれ、身体の力が抜けていく。響く水音は、湯が立てる音だけではないのだろう。

「あぁっ……あ、あ、だめ……ほんとに、こんなとこで」

昼間の明るい浴室で下半身を晒して、客に弄らせて。はしたないにもほどがあった。けれど逃げようにも急所を握られたままで、どうすることもできない。

「誰かに見つかるかも、って思ったら、興奮しちゃう？」

「わけないでしょう……っ」

「でもいいのかな。こんなとこでやめても」

「……っ」

藤野は唇を噛む。たしかにこのまま止められたら辛いのはわかりきっていた。諏訪の手の中で、藤野のものは雫を漏らしはじめているのに。

「で、でも俺ばっか……っ」

「あぁ……っ」

（……って、何言ってるんだ……）

こんなところで、最後までやれるわけがなかった。なのに、誘うようなことを言うなんて。……けれども、一人だけで気持ちよくなるのが嫌なのも本当のことだった。

「気、遣ってくれてんの？　嬉しいなあ」

諏訪は好色そうな笑みを浮かべた。その淫《みだ》らがましさに、いったい何をされるのかと戦《せん》慄《りつ》する。けれどもそんな震えはどこか甘かった。

諏訪は自分のものを掴むと、藤野のそれとあわせて握り込んできた。

「なっ……」

諏訪の熱を中心で感じて、藤野はかっと赤くなる。

「や、こんな……っ」

「じゃあここで最後までやるほうがいい？　後ろが疼くとか？」

「ばっ……違います……、っ」

藤野が首を振るあいだも、諏訪は手を動かし続ける。藤野は何度も息を呑まなければならなかった。

「はっ……も、やめ……っ」

「だめ。おまえも握って？」

有無を言う暇もなく、手を取って握らされる。熱くなったそれらをてのひらに直接感じて、身体とともにひどく心が高ぶった。

「こ……っこんなの……っ、どこで覚えたんです……っ」

さほどめずらしい行為ではないとはいえ、それは男同士で愛し合う方法としては、ということだ。諏訪にはもともとそういう嗜好《しこう》はなかったはずなのに。

「五年も男の廓に通ってれば、それなりに耳年増にもなるって」

藤野の手の上から、諏訪がさらに握り込んでくる。そのまま強く扱き上げてくる。

「なんか……凄いやらしい眺め……興奮する」

「ばか、あっ、あっ、あっ――」

一番敏感な部分同士が擦れあわさる強すぎる刺激に、今にも達してしまいそうだった。

「上も凄い勃ってるよ」

「やっ……」

見て、と促され、視線を落とすと、濡れて肌に張り付いた襦袢越しに、尖《とが》った乳首がくっきりと浮き上がっていた。

諏訪が唇をつけてくる。交互に思い切り吸い上げられ、やわらかく舐め回されて、いやらしく腰が浮いてしまう。乳首と同時に、下も強く擦り上げられて、藤野はびくんと背を反らせた。

「あぁっ……」

昇りつめ、はあはあと息をつく。そのまま洗い場に倒れ込みそうな身体を何とか支えて見下ろせば、萎《な》えたそれが、混じりあった二人分の白濁にまみれていた。

「信じられない……」

頭が沸騰するようないやらしい光景に、思わず呟くが、諏訪は聞いていない。

「こういうのも、たまにはいいよな」

などと言って、機嫌よく笑っているのだった。

藤野は思わず、手近にあった桶を掴み、諏訪の頭にずぼっと被せた。

「うわ、ちょっ」

「何てことするんですか、こんなところで……！」

「そりゃ、背中流してもらうって言ったら、やることはひとつ――」

「用が済んだら、さっさと上がってください！」

みなまで言わせず、藤野は声をあらげた。


髪と身体を洗い、散らかった桶などを片づけて部屋へ戻ると、諏訪は畳に長くなっていた。

（……寝てる……）

やれやれ、あんまりはしゃぐからだとため息をつきながら、藤野は傍へ座った。

やはり疲れているのだろうか。流連をする時間をつくるために、自分で言っていた以上に無理をしてくれたのかもしれない。

そう思うと、申し訳ない気がするのと同時に、嬉しかった。

目を閉じていると、長い睫毛や高い鼻梁《びりょう》が強調されて、いっそう顔立ちが整って見えた。起きているときは、それよりもむしろ生き生きとした表情のほうが目立つからだ。

「……湯冷めしますよ」

「んー」

諏訪は藤野が渡した、見世が泊まり客用に貸し出している浴衣《ゆかた》を身につけているきりだった。紺色《こんいろ》のそれは彼によく似合い、いつもと違う風情に胸がざわめく。

すっかり眠ってしまっている彼に、藤野は浴衣と併《あわ》せて用意されている羽織を掛けてやれば、その感触に気づいたのか、諏訪は薄く目を開けた。

「寝てていいですよ」

「うん……」

ぼんやりと答えながら、彼は藤野の膝に頭を乗せてくる。そして手を伸ばし、藤野のまだ濡れた髪にふれた。

「……濡れた襦袢もいいけど、湯上がりも色っぽいな」

「そうですか？」

「うん。肌が桃色だからかな。それに、ここ……」

諏訪の手は、髪からすっと降りてくる。指さされた先では、浴衣を通して乳首がぷつりと勃っている。諏訪は指先で、その先端にふれた。

「痛っ」

「え？　……痛いんだ？」

彼は少し驚いたように身を起こし、更に手を伸ばしてきた。藤野は身を捩《よじ》ってそれを避ける。

「だめですって……！　誰のせいだと思ってるんですか」

「俺？」

と、わかりきったことを答えてくる諏訪は、とても楽しそうだ。

「見せて」

「いやです」

「いいじゃんか」

「だめ」

「じゃあ、これ」

諏訪は懐に手を突っ込んだかと思うと、すっと何か黒っぽいものを取り出した。漆塗《うるしぬ》りの櫛《くし》のようだった。藤の意匠《いしょう》の入った、かなり値の張りそうなものだ。

彼はそれを藤野に差し出した。

「え……？」

「風呂の帰りに、ちょうど商人が来ててさ。横から見せてもらったんだ。おまえに似合いそうだと思って」

藤野はそれをじっと見下ろす。深い光沢を放つ見るからに上質のもので、とても美しい。

「……どうしたんですか？　……仕掛けといい、なんで急に」

「……。まあ、たまにはね。今まで何もやったことなかったし」

そう言って、櫛の端で乳首をつつく。

「も、痛いですって……！」

藤野は諏訪の手から櫛を取り上げた。そしてそれを胸にぎゅっと握り締める。

「……ちょっとだけですよ？」

と、藤野は言った。

「はいはい」

浴衣の帯を緩める。諏訪は高価な櫛に吊られたと思っているだろう。本当は櫛の値段が問題なわけではなく、諏訪の気持ちが嬉しかっただけなのだけれど、それは伝わらないほうがいい。

衿《えり》をそっとくつろげれば、先刻嚙まれた乳首がぷくりと腫れ、赤く凝っているのが、鮮やかに目に飛び込んできた。また全身がかっと熱くなる。

ぴんと尖って、ちゃんともとに戻るだろうかと心配になるほどだった。

嚙まれたからというより、昨夜執拗に弄りまわされたからだろうか。ここに吸いついて離さなかった諏訪を思い出せば、いつもと全然違う姿になったその部分が、誇らしいような気もするのが不思議だった。

(何が楽しくてあんなに……)

歯を立てられ、肉厚の濡れた舌でざらりと舐められる感触を思い出す。ぞくりと快感がそこに蘇《よみがえ》る。

「うわ……可愛い」

「は、何言って……っ」

驚きとも呆れとも感嘆ともつかない諏訪の言葉に、藤野はすぐにしまおうとする。

それより早く、諏訪が唇をつけてきた。

「……っ」

腫れた乳首に口づけ、昨夜と同じように濡れた舌でたどりはじめる。

「ひ、や……っ」

痛いような刺激がびりびりと響いた。逃げようとしても、しっかり腰に腕を回されていてできない。

「……舐めるだけ、噛まないから」

「……ばっ……」

小さな粒を舌でころころと転がされる。

「痛いですって……っ」

「痛いだけ？」

「あんっ……！」

その通りだと言おうとした瞬間、吸われて声をあげてしまった。諏訪は楽しげに唇を緩める。

そのときだった。

「お昼をお持ちしました」

障子の外から声がかかった。内湯へ行く前に、昼を兼ねた遅い朝食を手配してあったのだ。

「どうぞ」

諏訪が返事をしてしまい、藤野は慌てて浴衣を搔きあわせる。それも間に合わないうちに、すぐに襖が開いた。

「失礼します」

昼の膳を運んできたのは椛だった。

椛は、藤野の姿を見て、何をしていたか悟ったらしい。ぱっと頬を赤らめ、頭を下げる。

「すみませんっ」

「ああ、別にかまわないから」

諏訪がまた勝手に言った。

椛は遠慮して目を伏せながら、食事を運ぶ。そんな初々《ういうい》しいさまを眺めて、諏訪は苦笑した。その表情がやさしいのが、藤野はなんとなく面白くない。

椛は二人の前に高坏《たかつき》を並べると、やや慌てて部屋を出て行った。

「まったく……昼間から何するんです」

それを見送って、藤野はたしなめた。

「いいじゃんか、ちょっとぐらい。せっかくグミみたいで可愛いのに」

「……変態」

藤野はじろりと彼を睨んだ。

「ばか言ってないで、さっさと食べてください」

「はいはい」

二人はのんびりと遅い朝食をとった。

同じ食事をするのでも、陽光が射しているのと行燈の灯かりしかないのとではまるで空気が違う。

他愛もない会話は、諏訪が部屋の片隅に置かれた碁盤を発見したことから、昔の思い出話になった。

「なつかしいな。昔はよく一緒に打ったよな」

「そうでしたね。あの頃からほんと、大人げなかったですよね。子供相手に毎回賭けて」

「おまえねえ、いつも遊んでやってたやさしいお兄さんに、その言いかたはないだろ」

「どっちが遊んであげていたのやら」

ころころと藤野は笑った。

けれど実際、本当によく遊んでもらったとは思っていた。

母親はまだしも、恋人と一緒のときでさえ、

——どうせすぐに勝負はつくんだからさ
などと言いながら、諏訪は採寸《さいすん》の時間などを縫って、藤野の相手をしてくれたものだった。そんなことをしても、彼女たちに妬かれることさえないほど、藤野は子供だったし、対象外だったのだ。

「どうよ、食ったら一局。ひさしぶりに、こてんぱんにしてやるよ」

「昔ほど簡単にはやられないと思いますけど」

じゃれるような口争いののち、高坏を片づけると、二人は碁盤の前に向き合うことになった。

「では、ひさしぶりだから互い先で」

「生意気」

「その科白、終わってからも言えるといいですね」

碁石を置く小気味のいい音が響く。

諏訪と打つのは、十年ぶり以上にはなるだろうか。こうしているとなつかしくて、心が昔に帰っていくようだった。

それは諏訪も同じであるらしい。

「考えてみると、俺、あの頃もよく貢いでたよな。彼女ができるたびに葛屋に連れてって、着物仕立ててさ」

「そうでしたね。貢ぎ体質なんでしょうかね？」

そんなものがあるのかどうかは知らないが。

「んなわけないだろ。ただなんか……この頃じゃだんだん、おまえに貢ぐのが運命みたいな気がしてきて」

「……え」

諏訪が恋人を店につれてきていたのは、藤野との賭に負けたせいとはいえ、あくまでも彼女たちに贈り物をすることが第一目的だったはずだった。けれども実際、彼のおかげで葛屋がずいぶんたすかっていたのは間違いなかったし、藤野に貢いでいた、とも言えないことはないのかもしれない。

（運命……）

別に貢がれたいわけではなかったが、その言葉には心がときめく。

運命的に繋がっている部分があるのなら、この先も完全には離れることなくいられるのではないかと思えて。

「ん？」

「いいえ、ただ」

問いかけられ、藤野は微笑した。

「結局、店は潰れてしまって、諏訪様には申し訳なかったと思って。ほんと、あんなにもたくさんのお嬢様がたを紹介していただいたっていうのに」

「……なんか言葉に棘《とげ》ない？」

「全然？」

涼しい顔で答えて打ち続ける。

碁の内容は、以前とはだいぶ違ったものになっていた。

昔なら、たしかにあっというまに大方の勝敗が見えてきたものだった。勿論、ほとんど

藤野の負けでだ。けれど今回はむしろ、諏訪の劣勢と言ってもよかった。

「……うーん……」

諏訪は碁石を指に挟んだまま考え込む。

「しばらく打ってなかったからな……」

「言い訳は見苦しいですよ」

「くそ、ほんとだって」

「もしかして、俺と打ってたころ以来とか？」

「……そうかも」

記憶をたぐって、諏訪は答える。

「おまえは最近でもけっこう打ってんの？　ここに碁盤があるってことは」

「まあね」

「客と？」

「ええ」

諏訪とは時間的余裕をなかなか持てなかったが、大見世に登楼する客は、傾城を抱くだけでなく、それ以外のことでも相手を務めさせることがある。一緒にお座敷遊びをしたりするのと同じ、碁も客を楽しませるための道具の一つだ。

「で、まだ粘るんですか？」

「……っ」

諏訪は舌打ちして碁石を放り出した。

「負けました。——まさかおまえに負けるなんてねえ」

「勝負の世界は厳しいんですよ」

以前、諏訪に言われた科白をそのまま返し、藤野は高笑いした。

「くそ、なんでこんな強くなってんだよ」

「ある程度こっちも打てないと、強いお客様のお相手が務まりませんからね」

「あ、そ」

諏訪はどさっと畳に身を投げ出す。

「今もそんな客がいるわけ」

「まあ何人か。それに、強いお客様は、いろいろと手ほどきもしてくださいますし、こちもだんだん上手く——あっ」

いきなり引き倒され、藤野は小さく声をあげた。

「ちょっ……」

起き上がろうとするのを制され、のしかかられる。畳の上に押し倒されたような体勢になった。

「……もう、負けたからって」

「別にそーゆーんじゃねーの」

唇を塞がれ、そのまま身体をまさぐられる。

「ん、ん……」

またするのか……と思いながら、抗うことができなかった。

（まあ……その必要もないか……）

何しろ流連なのだ。諏訪は今夜も帰らなくていい。

「さっきの続き、していい？」

「しようがないですね」

藤野は目を閉じ、その背に腕を回した。


交わって、じゃれあって、夕食をとってまたじゃれあった。どろどろになって眠って、昼間にはまた碁を打ったり、他愛もない話をしたりして過ごす。

爛《ただ》れていながら、不思議とのどかな時間だった。

椛の話は蒸《む》し返されないままだった。それがただの先延ばしだとわかっていても、そのことにほっとした。

そんなふうにして、約束の三晩が過ぎるのは、あっというまだった。

(もうすぐ帰ってしまう)

名残《なごり》惜《お》しくてたまらず、時間が止まればいいのにと思う。

諏訪はそんな藤野の心も知らずに、膝を枕に長くなっている。そのまままた眠ってしまいそうだった。

藤野はその耳に、耳掻きを突っ込んでいた。

「けっこう悪くないでしょう。泊まりも」

「そうだな。こうやって昼間にのんびり過ごすのもいいな。別にえろいこととかしなくてもさ」

散々やっておいて何を言うのやら……と藤野は苦笑するが、でもそう思ってもらえたのなら嬉しい。

「他のやつが泊まっても、こうやって過ごすの？」

「野暮なことを。妬いてるんですか？」

「……そういうわけじゃないけど」

また乳首にふれようとするのをやんわりと払う。

「気が向いたらまた泊まってください。まだ、あと一年あるんですから」

引き留めるかわりに、藤野は言った。

「あと一年……早いもんだな」

「……そうですね」

「ここへ登楼るようになってから、五年……」

「ええ」

「来年には、年季が明けるんだな」

わかりきっていたことではあったが、これまで二人のあいだでは、あまり口に出されたことがなかった言葉だった。このあいだ椛の話をしたときが初めてだったかもしれない。無意識に避けていたのかもしれなかった。

「……まあ、もうあんまり時間はないけど、それまでまめに来て愉しんだらいいじゃないですか」

「……」

「どうしました？」

「……いや……。今までそのこと、あんまり考えてなかったと思って。……っていうか、考えないようにしてたのかな」

「寂しいですか？」

「そりゃな……五年もこまめに通ってきたんだからさ。……おまえは？」

「俺？」

「ちょっとは寂しくない？」

「勿論、寂しいですよ。考えただけで泣けてきそう」

袂《たもと》で目許を押さえてみせる。

「そうじゃなくて、真面目にさ」

（わかってない）

自ら気持ちを悟らせないように振舞ってきたとはいえ、なんて馬鹿な問いだろう、と藤野は思った。諏訪が寂しく思う何百倍、自分のほうが寂しく思っているか知れない。その日のことを考えると、身体が凍りついて砕けてしまいそうなほどだった。今だって引き留めたくて、あらぬことを口走ってしまいそうな自分を一生懸命抑えているのに。

「……寂しくないってこともないですね」

けれど藤野は、平静を装って答える。

「何しろ、あんたとは長かったし」

「長かった……か。他にも俺と同じくらい長い客、いる？　そいつらと会えなくなるのも寂しい？」

「馬鹿なことを」

「どうして？」

「そんなこと……寂しかったとしても、答えるわけないでしょう。他のお客様のことなんか」

野暮なのはなかなか直らないですね、と揶揄いながら、藤野は苦笑した。

本当は、他の客の相手をしなくて済むことにはせいせいするばかりだった。離れるのが辛いのは、諏訪だけだ。諏訪に抱かれることも、ふれることも、できなくなることだけ。

（……そしてこの人は、新しい家庭を持って）

新しい家族を抱き締める。

「……おまえさ」

ふいに諏訪は言った。

「年季が明けたらどうするつもりなんだ？」

ああ、それを聞くのか、と藤野は思った。何と答えればいいのだろう。本当のことを教えるのは、辛かった。

「そうですね……」

耳掻きが終わり、諏訪の髪を指で梳く。

「はっきり決めたわけじゃないですけど……、おかげさまでそれなりに蓄《たくわ》えもできたし、何か店でもやろうかと思ってるんですよね」

「店？　なんの？」

「うーん、たとえば、料亭とか？」

人の基本は食べることだからだ。何か店をやるなら、食べ物に関するものにするのは悪くない。

「料亭？　おまえ料理なんかできないだろ」

諏訪はかなり驚いた声をあげる。

「そりゃできるわけないでしょ。十年以上廓の中にいたんですから」

遊廓では、傾城が台所に立つということはありえない。子供時代を過ごした施設には賄《まかな》いがいたし、葛屋で暮らしていた頃も養母と手伝いの女性がいたから、藤野が自ら何か調理した経験はなかった。正直、ラーメンをつくれるかどうかさえ怪しい。

「人を雇うんですよ、勿論」

「だよなあ。妙なもん食わされたらどうしようかと思った」

その科白に、藤野は諏訪の顔をじっと見つめてしまう。

（……この人は、また来てくれるつもりでいるんだ）

じわりと胸が熱くなった気がした。葛屋から花降楼、新しい店。どこまで律儀《りちぎ》な男なのかと思う。――だけど。

「……？　どうした？」

つい黙ってしまった藤野に、諏訪が問いかけてくる。

「……いえ、なんでも」

「ふーん？」

まだ少し怪訝そうな顔をしながら、彼は続けた。

「けど、ちょっとほっとしたかな」

「え……？」

「いや……もうおまえんとこに通うのも、生活の一部みたいになっちまってるしさ。なくなったら寂しくなるかと思ってたけど。――でも、結局あんまり変わらないのな。廓が料亭になるだけで」

「――……」

（変わらない、わけがない）

遊廓という枠をなくしたら、今までと同じように「恋人ごっこ」を続けられるわけがなかった。中島の言葉を思い出すまでもなく、外の世界では、藤野の存在は諏訪の邪魔になる。けじめは、つけなければならない。

藤野は、店を開くにしても、諏訪が簡単に来られるような場所に開くつもりはなかった。ずっと南かずっと北か、首都圏ではないところ。

「藤野？」

諏訪は再び問いかけてくる。

「あ……いいえ」

振り払うように、藤野は言った。

「……そうですね……。あんまり変わらないかもしれませんね」

「だよな」

諏訪は破顔《はがん》した。その顔がひどくほっとしたように見え、どうして彼がそんな顔をするのだろうと藤野は思った。彼も少しは、今の関係を終えたくないと思ってくれているのだろうか。

（……だったら嬉しいけど）

「おまえがあんまり真面目に言うから、本気にするところだった」

と、諏訪は言った。

「え？」

「椛ちゃんの旦那になれとか、このまえ言っただろ。——変わらないなら、必要ないよな？」

「——……」

突然蒸し返された問いに、藤野は思わず息を飲んでしまった。咄嗟に答えることができなかった。いずれ話さなければならないことだったとはいえ、何と答えたらいいか、わからなかった。

その顔色をどう受け取ったのか。

諏訪は藤野の膝から身を起こし、覗き込んできた。その表情はいつになく真剣で、藤野はつい目を逸らす。

「藤野」

「……はい」

「このあいだの椛ちゃんのこと……、あれは冗談なんだよな？　……あの日、おまえちょっとおかしかったし、椛ちゃんにも何かあったみたいだっただろ。そんな状態で言われたことを、真に受けたほうが馬鹿だったんだよな？」

（ああ……そうか）

諏訪はそう考えていたから、今まであの話を蒸し返そうとはしなかったのか。藤野はようやく理解した。そして今、彼は藤野の態度を見て、その考えは違うのかもしれないと思い至った。

冗談だったことにしてしまうべきだろうか。

だがいつまでも避けていられる話ではない。椛の水揚げは、もうほんの数ヶ月のところに迫っている。藤野は、あれを冗談で言ったわけではないのだ。

「……どうしてそんなに嫌がるんですか？　椛のことは、凄く可愛がっているでしょう？」

迷った末、藤野は明快な答えを避けた。

「だから、それとこれとは」

「俺じゃなきゃだめ、ってわけじゃないでしょう。……今だって……外には本物の恋人がいるでしょう？」

「そんなのいない。おまえだけで手一杯だ」

くすりと藤野は笑った。

「本当だって……！」

「嬉しい」

いつもの恋人ごっこの嘘だとわかっていても、嬉しかった。藤野はその思いを噛み締める。

「……でも、だったらなおさらです。俺はもうお相手することはできなくなるんだから……」

「だから椛ちゃんに相手してもらえって？」

そのとおりだと言いたいのに、声が出なかった。

「いいのかよ、俺があの妓に乗り換えても」

「……だって、もともと俺が言い出したことなんですから……。……これでも、信用してるから頼むんですよ」

椛のことは可愛い。しあわせになって欲しいと思っている。誰にでも頼めることではない——。

それはそれで、藤野の本心ではあった。

「それでいいわけ？　俺が椛ちゃんのとこに通うようになっても？　あの妓を抱いたりしても？」

「……っ……」

椛を抱き締め、自分にしたのと同じように肌に口づける諏訪の姿が、ふいに脳裏に浮かんだ。

胸の奥がかっと焼けつくように熱くなり、藤野はぎゅっと目を閉じた。

諏訪は続けた。

「けっこう長いつきあいだったよな、俺たち。最初に葛屋で会って三年、あの頃は俺もまだ大学生だったし、おまえなんか中学生だった。そのあと、この見世で再会してから五年——。おまえは楽しく恋愛ごっこをするんだと言ったよな。実際、楽しかった。セックスもよかったし。……だから、俺は勘違いしてた。これがずっと続くって」

（ばか）

藤野は胸の中で呟いた。

「……年季が明けるのは、わかりきってたことじゃないですか」

「そうだな」

そのあとはどうなると思っていたというのか。

わかってない、と思う。けれども思考を停止していたというならそれは、諏訪が無意識にでも「続けたい」と思っていてくれた証なのかもしれなかった。

「おまえ、どうして仕掛けや櫛をくれたのか、って聞いたよな」

「……ええ……」

「俺、このまま椛ちゃんの水揚げしろっておまえに言われたとき、滅茶苦茶腹が立ったんだ」

と、諏訪は言った。

「そんなことを言うおまえが信じられなかった。たちの悪い冗談かとも思ったし、本気で言ってるならゆるせないとも思った。……でも頭に来たまま家に帰って、何日かたって少し冷静になって、考えた。……俺はおまえを金で買ってるだけで、本物の恋人でもなんでもない。なのに他の妓の水揚げを勧められただけで、なんでこんなに怒ってるんだろう、って。そしたら答えが出たよ。……だから、おまえに仕掛けを贈ることにしたんだ」

「……っ……？」

藤野は思わず顔を上げた。

(だって仕掛けは)

「……おまえが好きなんだ」

仕掛けは、惚れたほうが負けのゲームの賞品だ。

苦しいくらいに鼓動が高鳴る。息が止まるかと思った。

「……嘘」

「嘘じゃない」

「だって……っ、……そんなのいつから」

「さあ……いつからかな。昔はおまえのこと、そういう目では見てなかったよ。弟分みたいなもんだと思ってた。だけど花降楼に通っておまえと抱きあったり、じゃれあったりするうちに、いつのまにか──」

そこでふと諏訪は言葉を切った。

「……いや、もしかしたら最初から好きだったのかもな。だから手紙をくれたのがおまえだってわかったときも、俺を頼ってくれたのかと思って嬉しかったし、招《よ》んだのが俺だけじゃなかったって知ったときは面白くなかったよ。いくら搾り取られても通い続けたし、今だってこんなにも終わらせたくないと思ってるのは、おまえのことが好きだからだ」

胸が痛くて、泣いてしまいそうだった。嬉しくて胸が痛むこともあるのだと、藤野は初めて知った。恋人ごっこの「嘘」かもしれないという疑いは浮かばなかった。諏訪が真っ直ぐな瞳で、真剣に見つめてくれていたからだ。

「おまえは……？」

と、彼は問いかけてくる。

「おまえにとって、俺はただの金蔓《かねづる》なだけ？」

違う。そんなはずがない。

本当は花代なんてどうだってよかった。諏訪に逢うためなら、身揚がりさえしたってよかった。

衝動的に気持ちをぶちまけそうになり、強く押し殺す。認めるわけにはいかなかった。

諏訪は終わらせたくないと言ってくれた。それはつまり年季が明けても関係を続けようということだ。

できるわけがなかった。諏訪にとって、娑婆での藤野の存在は邪魔にしかならない。ましてや彼には縁談だってあるのに。

だけど、諏訪の言うとおりだと認めることもしたくなかった。

泣きたい気持ちを押し殺して、藤野は顔を上げる。そしてにこりと笑った。

「そんなわけないじゃないですか。俺も、愛してますよ」

「――……」

芝居がかった笑顔を見て、諏訪が小さく息を飲むのがわかった。藤野の意図は、彼に伝わったのだ。

「……なるほどね。あくまでもゲームってわけか」

と、彼は言った。

「それがおまえの答え？」

「……何のことだか」

愛を騙《かた》っているように見せかけながら、その裏に本当の気持ちを押し込める。けれども二重底に隠した本音は、彼に知られるわけにはいかない。

諏訪は深く吐息をついた。

「——恋を売るんだよなあ……」

藤野ははっと顔を上げた。

「俺、ちょっと本気にしかけてたわ。おまえも俺と同じ気持ちじゃないかって。さすがに大見世の傾城だよな。よくそんなに割り切って演じられるよ。できない俺は、おまえに野暮って言われてもしかたがない」

諏訪の失望と、おそらくは軽蔑が伝わってきて、胸が潰れるように苦しくなった。

割り切れてなどいるわけがない。彼の気持ちに応えられるものなら、応えたかった。だけど、そう言って泣くことはできない。

「わかったよ。好きじゃないって言うんなら、どうにもならないもんな」

「……だから、愛してるって言ってるじゃないですか……」

藤野の言葉を、諏訪は取りあわなかった。

「でも、椛ちゃんのことは無理だから」

「……え」

藤野は顔を上げた。たしかに、今自分に好きだと言ってくれた男に他の妓の水揚げを勧めるのは無茶な話だった。

(でも)

年季明けとともに切れてしまう諏訪との関係を、藤野は思った。彼が椛の後援をしないということは、どんなに細い繋がりさえも、諏訪とのあいだにはなくなってしまう。

「……もしかして、おまえまだその気なの？」

藤野の表情を見て、諏訪は眉を顰《ひそ》めた。

藤野はその問いかけに答えることができなかった。

「信じられねえな……！　──まあ、吉原じゃ、それほどおかしい話でもないのかもしれないけど。むしろ美談じゃね？　自分の代わりに、旦那と部屋付きの妓とを娶《めあわ》せていくなんて」

吐き捨てるような言葉だった。

「娼妓にも、まことはあるんだと思ってた」

「それは……っ」

娼妓にだってまことはある。思わず訴えようとした言葉を、藤野は呑み込む。

「……わかったよ」

疲れ果てたようなため息とともに、諏訪は言った。

「おまえの言うとおり、椛ちゃんの水揚げに立候補することにする。それでいいんだろ？

——ま、椛ちゃんが俺でもいいって言えばだけど？」

「……っ……椛は」

承知するわけがない。いろいろなことがあったとは言ってもあの妓は岩崎を慕っている
し、そうでなくても、藤野の客を奪うような行為を承知するはずがない。

つい反射的にそう口にしそうになり、慌てて唇を押さえた。

「何」

本当に、何を口走ろうとしたのだろう。今、自分で椛の水揚げをしろと勧めておきなが
ら、言えた科白ではなかった。

「いえ……」

問い返され、藤野は目を伏せた。

「椛に振られなきゃいいですけど」

は、と諏訪は笑った。

「この俺がそうそう振られるわけないだろ。そのときになってせいぜい後悔するんだな」

6

椛の水揚げを希望するという諏訪の意向は鷹村にも伝えられ、岩崎と競《せ》るということで話がついた。

（反対するかもしれないとも思ったけど）

鷹村には鷹村の思惑《おもわく》があるらしい。

その後も諏訪は登楼を続けたが、藤野から見れば、まるで椛のもとへ遊びに来ているかのようだった。諏訪に言われ、名代には椛をやるようになっていた。

廻しから戻れば、本部屋の襖の向こうからは、二人の楽しそうな笑い声が聞こえてきた。

二人で碁を打っているようだった。

（……このあいだは、俺と打った）

諏訪が泊まった日のことを、藤野は思い出さずにはいられなかった。

椛はこのところずっと塞いでいたし、諏訪と遊ぶことが少しでも気晴らしになっているのならいいことだ——そう思う気持ちも本当なのに、素直に喜ぶことができない。自分の居場所であるはずのところに、椛がいるのがたまらなかった。

諏訪はもともと会話に人を惹《ひ》き込み、遊んだり笑わせるのが上手だが、椛と一緒にいて、諏訪自身もまたとても楽しそうだった。

自分で勧めたことでありながら、藤野はひどい苛立《いらだ》ちを覚える。

(俺のことを好きだって言ったのに)

何ヶ月もたたないうちに、椛のほうが好きになってしまったのではないだろうか。

まさかと思いながらも、その可能性は否定できなかった。文句を言えた義理でないことはわかっていながら、そう思うときりきりと胸が痛む。

(……さすがに椛とは、まだそういうことはしてないだろうけど……)

でも、本当に?

聞きたくて、聞けなかった。

(ついこのあいだまでは、ああして一緒にいたのは俺だった)

この頃の諏訪は、藤野の前ではああいうふうには笑わない。

以前は際限なく続いたと言ってもいい、他愛もない会話も今はなかった。いつものような軽口で話しかけても、返ってこないのはひどく堪《こた》えた。

諏訪は藤野をただ、抱く。「愉しむ」だけだ。

(どうしてこうなったんだっけ……?)

けっこう楽しく恋愛ごっこをしていたはずだった。いずれ終わる覚悟はしていたにしても、年季が明けるまでは続くと思っていた。

残り少ない時間を、こんなにも気まずいままで送らなければならないのだろうか？

（あのとき素直に、俺も好きだって言えばよかった……？）

そうしたら、諏訪と本物の恋人同士になれたのだ。一年つきあって、年季明けと同時に別れるという手だってあった。別れるときは胸が裂《さ》けるように辛いだろうけれど、そうすればよかったのではないか。

（それとも、そもそも椛の水揚げのことなんか言い出さなければよかったのかも）

冗談にして、ごまかしてしまうという手だってあった。

離れてからも諏訪の心に棲《す》んでいたいなんて欲をかかずに、残された時間をめいっぱい楽しんで、それで満足しておくべきだったのではないか。

（……後悔しても遅い）

もう、話は動き出しているのだ。今さら引き返せるはずもなかった。

「じゃあ、椛ちゃんには肩を揉んでもらおうかな」

襖の向こうで、諏訪が椛に命じている。碁の勝負は彼が勝ったようだった。

その言葉に、ふいに昔の彼の声が被って聞こえた。

――じゃあ、眞琴には肩を揉んでもらおうかな葛屋で藤野と碁を打って、勝ったときにも、彼は同じように言ったものだった。あの頃の藤野の居場所に、今は椛がいる。

そう思った瞬間、藤野は襖を開けていた。

藤野の顔を見て、椛が挨拶もそこそこに部屋を出て行く。藤野はつい振り向いて、その背中を見送った。

「藤野」

呼びかけられて、はっとする。いつのまにか、椛の後ろ姿を睨みつけてしまっていたようだった。

そのことに気づいて、自分が嫌になった。

こんなことで、椛の水揚げが諏訪に決まっても耐えられるのだろうか。年季が明けて二度と会えなくなったら？　あと数ヶ月で本当に来る「別れ」は？

ひどい眩暈を覚えながら、襖になかば寄りかかるようにして閉めようとする。

それより一瞬早く、諏訪に引き寄せられ、畳に押し倒された。

「……襖が」

「見られたほうが感じるんじゃね？」

意地悪く、諏訪は言った。

違う、と言いかけた唇が塞がれる。それだけで抗《あらが》う力は失せてしまい、身体がとろとろと溶けていく。

あとはもう、熱に溺《おぼ》れるばかりだった。

＊

「……様。……諏訪様……？」

何度も呼びかけられ、諏訪ははっと我に返った。いつのまにか、埒《らち》もない物思いの淵《ふち》に沈み込んでいたようだった。

（何やってるんだか……）

碁盤を挟《はさ》んだ向こうから、椛が心配そうに覗き込んできていた。

ただいたいけで可愛らしいばかりだった椛は、ここのところ表情に憂《うれ》いを帯びて、ずいぶんと大人びてきたと思う。

諏訪が椛の水揚げの相手に立候補して以来、彼が登楼したときの名代には、必ず椛が入ることになっていた。年季明けを控えて藤野は忙しく、椛と過ごす時間も次第に増えた。

「諏訪様の番ですよ」

「うん」

促され、慌てて次の手を打つ。

藤野を待つあいだ、以前は花札《はなふだ》などをよくしていたものだったけれど、このごろは碁ばかりになっている。あれから何度も椛を相手に打って、だいぶ勘《かん》を取り戻しつつあった。

「こんど藤野さんと打ったときには、絶対勝ちたいんでしょう？」

と、椛に言われて、諏訪は苦笑した。

「そういうわけじゃないけど」

またそんな日が来ることはあるのだろうか。

関係は最悪の状態と言っていい。振られたのに、金の力で抱きにくる自分がひどくみっともなく、それでもまだ今は藤野は娼妓だから、登楼しさえすれば会って、ふれることができる。だが、このまま年季が明けたらどうなるか。

藤野は、店を開きたいようなことを言っていた。客としてまたそこへ通えば、同じような関係に戻れるのだろうか。それとも旦那として資金を出してやれば……？　愛人に店をやらせている男ならいくらでもいる。

けれどもそれも、藤野が承知するとは思えなかった。

いつもなら花代を搾り取ることを楽しんでいるような藤野が、年季が明けたあとのことは一度もねだってこないのが、答えのような気がした。それなりに金も貯まったと言っていたのは、自己資金で開店するという意味だと受け取れる。

（……それとも、他の客に世話になるとか）

その可能性を考えた途端、かっと胸が灼《や》けた。

五年前、初めて手紙をもらい、それが藤野からだとわかったとき、諏訪は嬉しかった。どういう意味であれ、頼ってきたのなら、できるだけのことはしてやりたいと思った。見世に通うようになって――恋人ごっこだと言われたのに、いつのまにか自分だけは特別のように思っていた。

大見世の傾城として、あっぱれというべきだろう。客に「自分だけは本気で好かれている」と思わせて夢中にさせるのが、藤野の仕事なのだ。

馴染みすぎて、諏訪は終わる日のことなど考えもしていなかった。年季が明けても、似たような時間が続くみたいに思っていた。――思いたかった。

だがきちんと考えてみれば、そんなはずはなかったのだ。どんなに馴染みの娼妓と親しくなっていたとしても、向こうから見れば大勢の中の一人に過ぎない。昔からの知り合いだって同じことだ。見世をやめたら終わるのが当然で、諏訪だって例外ではない。

藤野が諏訪のことを、ただの客としてしか見ていないとしても、娼妓としてはあたりまえのこと、藤野は何も悪くないのだ。

わかっているのに、顔を見ればたまらなく苛立ち、無茶な抱きかたをしてしまう。この頃は、起き上がれなくなった藤野が眠っているあいだに、こそこそと帰ることさえ多くなっていた。

自己嫌悪を覚えているにもかかわらず、諏訪は登楼を続けていた。残された時間はわずかだと思うと、無駄にするのも惜しかった。

ひどいことをしていると思いながら、止めることができない。

「諏訪様？」

「……あ、ああ」

ふとまた石を持ったまま考え混んでいた。そういう自分に深いため息が漏れる。

「ごめんね、椛ちゃんがせっかく相手してくれてるのに」

「いいえ、そんな」

椛は首を振る。

「……何を考えていらっしゃったんですか？」

「別に何も」

「藤野さんのことですか……？」

否定しても、あまり意味はないだろう。

「馬鹿だと思うだろ」

「そんなことありません」

椛は真剣な顔で言ってくれる。まだ幼いせいもあるのだろうが、廓の水に染まっていない、素直な情が見える気がする。

(藤野も子供の頃はもう少し素直なところがあった気がするんだけど)

大人になれば同じことなのかもしれないが、こういう椛だから、藤野も可愛がっているのだろうか。

「演技だってことくらいわかってたはずなんだけどね。……俺の顔を見るとぱっと嬉しそうな顔したり、甘えられたり気遣ってくれたり……そうするとやっぱ浮かれちゃうんだよね。……ほんと馬鹿」

「……演技なんでしょうか」

「え?」

問い返せば、椛は深くうつむいた。

「だって……娼妓にとってお客様を喜ばせるのはたしかに仕事だけど、本当の心がないわけじゃないんです。色子にだってまことはあります。本当に……本当に好きな人がいることだって」

最後のほうは、声が震えていた。泣き出しそうなのを、必死で堪《こら》えているようにも見えた。

「椛ちゃん……」

椛は、諏訪と藤野のことを言っているようで、むしろ自分自身のことを言っているのではないだろうか。小さな胸を痛めている姿を見れば、憐憫《れんびん》を覚えずにはいられない。

「椛ちゃんは、岩崎さんのことが好きなの？」

「……」

椛は頬を染め、目を逸らす。その表情を見れば、答えを聞くまでもなかった。

岩崎は、ずいぶんと椛に執着《しゅうちゃく》していると聞く。それがどういう種類の執着なのかはわからないが、もし水揚げが諏訪に決まったら、岩崎はどう出るだろう。そのまま引き下がるとは思えないけれども。

「……俺のことはともかく」

と、椛は言った。

「藤野さんにとっては、それは諏訪様なんじゃないかと思うんです」

「――……」

その言葉が嬉しくて、つい真に受けそうになる。それを打ち消し、諏訪は微笑した。

「ありがとう。椛ちゃんはやさしいな」

「……別にそんな……」

椛は首を振った。

「本当にそうだと思うから」

「どうしてそう思うの?」

それを聞きたいと思う自分を内心で嘲笑しながら問えば、躊躇いがちに、椛は小さな唇を開く。

「……こんなことを話すのはルール違反だってわかってますけど……、禿のころからずっと藤野さんの部屋付きをさせていただいていて、俺が知るかぎり、藤野さんが自分から手紙を出して昔の知り合いのかたを呼んだのは、諏訪様だけなんです」

「え……？　でも藤野は」

初めて馴染みになった夜、他にも何人もの男に手紙を出したと藤野は言っていたのだ。

「でも、そうやって登楼されたお客様を、俺は諏訪様の他に知りません」

ぐらり、と心が揺れた。もしもそうだったら――藤野が頼ろうとしたのが自分だけだったら、という狂おしい思いが沸《わ》き起こる。

（いや……でも）

つい都合よく考えてしまいそうになるのを、諏訪は振り払おうとした。

椛が嘘をついているとは思えないが、単に手紙を出したことを知らないだけなのかもしれないのだ。他の男は誘いに乗らなかったとしたら、そういうこともありうるだろう。

「それに、その……、あの」

椛は言いづらそうに続けた。

「……それに、藤野さんがお客様と、その……接吻してるのを見たのも、諏訪様だけなんです。……たぶん、他のお客様とは……」

「――……」

真《ま》に受けてはならないと思うのに、つい目を見開いてしまう。

ずいぶん古風な話だが、唇だけは「客」にはゆるさない娼妓もいるという話を、小説か何かで彼は読んだことがあった。――だけど。

(まさか藤野が?)

「……でも、それはいくらなんでも……。色子がそれで通るわけないだろ」

「そうなんですけど……藤野さんは上手なんですよね。お客様をその……てのひらの上で思いどおりに扱うのが」

「……」

これこそ、椛が目にしていないだけである可能性も高いだろう。諏訪の場合は何度か見られているけれども、娼妓と言っても禿が見ている前で、そうそう淫らな振舞いをするわけでもない。

そう思うのに、初めて馴染みになった夜の藤野の唇のたどたどしさを、諏訪は思い出さずにはいられなかった。他のことは巧みなのに、接吻だけはどこか幼く初々しかった。

それに藤野はたしかに、椛の言うとおり、客を転がすのが上手な妓でもあったのだ。

（いや……）

「諏訪様……？」

心配そうに問いかけてくる椛に、諏訪は微笑した。本気にしそうになる自分が可笑《おか》しかった。

「だったら、藤野が椛ちゃんの水揚げに、俺を推薦《すいせん》したのはどうして？」

「それは……、俺のために……」

椛はうつむいた。諏訪と藤野との仲のこじれが自分の水揚げに端《たん》を発していることに、椛は大きな申し訳なさを感じているようだった。

「椛ちゃんのせいじゃないよ」

藤野が、諏訪に対して特別な恋情や独占欲を抱いているのだとしたら、椛の相手として指名するようなことはなかっただろう。

（ああ……でも）

逆に考えれば、藤野が選んだのは、他のどの客でもなく諏訪だった、と言えないこともないのかもしれなかった。

誰でもいいと思っていたはずはない。可愛がっている椛の将来を託《たく》す相手として、藤野が諏訪を指名したのは、誰よりも彼を信頼しているという「特別」の証《あかし》ではあったのかもしれないのだ。

――これでも信頼してるから頼むんですよ
そう言っていた藤野の言葉を、諏訪は思い出す。

藤野が椛のことを心配し、諏訪に後見《こうけん》を頼みたいというなら、できるだけのことはしてやるべきではないのか。

藤野の許にはずいぶんまめに通ったけれども、それは藤野のためというより自分のためだ。自分が会いたかったから。

それ以外に特別なものを貢いだりはしていない。仕掛けをつくってやったのも、このまえが初めてだ。藤野が望まなかったからだが、そのことに申し訳なさのようなものはずっと感じていた。

(藤野にしてやれなかったかわりに)

椛が岩崎を好きなら、無理に抱くこともない。ただ椛のために、できるかぎりのことをしてやるべきなのかもしれない。

(それが藤野の希《のぞ》むことなら)

「……藤野は椛ちゃんのこと、本当に可愛がってるんだから。椛ちゃんは自分のしあわせだけを考えればいいいんだよ」

「でも、諏訪様は……?」

椛が問いかけてくる。

「うん？」

諏訪はできるだけやさしく問い返す。

椛は言った。

「藤野さんのこと、諦めるなんてできるんですか……？」

＊

「え……？」

藤野が、椛の水揚げの相手が諏訪に決まったと聞いたのは、それからしばらくたったある日のことだった。

「ほ……本当に？」

信じられず、問い返す。

「嘘をついてどうします」

と、鷹村は言った。

「だって……じゃあ、岩崎さんは？」

岩崎は、ずいぶんと椛には執着していたはずだ。「椛自身」ではないにしても、椛の容姿には。彼が簡単に諦めるとは思えない。

「引き下がっていただくしかありませんね」

「……でも……」

「あなたも諏訪様が椛の水揚げをなさることには、異論はないはずではなかったのですか？」

見透かしたような目で、鷹村は問いかけてくる。

「それは……」

ひどい衝撃に息が詰まって、藤野は答えることができなかった。

（……本当に決まってしまった……）

もともとはたしかに、藤野自身が言い出したことだった。けれどもこの痛みはどうだろう。

諏訪を焚《た》きつけながら、それでもやはり競り合いになれば、岩崎に落ち着くのではないかと、たぶん心の片隅では思っていたのだ。期待していた——と、言ってもよかったかもしれない。

（あの人が、椛の水揚げをする）

水揚げの相手を選ぶのはあくまでも見世だが、諏訪が選ばれたのは、勿論彼が岩崎以上に金を積んだからに違いない。それ「だけ」ではないかもしれないが、それが大きな要素であるには違いなかった。

気乗りがしないような顔をしながら、いつのまにか諏訪はそれほどまでに椛に執心《しゅうしん》していたのだろうか。

(俺のときとは違う)

藤野のときは、藤野が諏訪を見世に呼んだのだ。そしてそのあとも、登楼をねだる手紙を書き、あらゆる手管で誘惑して通わせた。

だけど、椛は違う。

諏訪が自分で大金を積んで、手に入れたのだ。

「……それで……いつ？」

やっとの思いで問いかければ、あっさりと鷹村は答えた。

「明後日です」

あまりにも急な日程に、藤野はまた激しく動揺した。

「そんな急に？」

「急も何も、椛の水揚げは前から決まっていたことですからね。お相手が決まらなかっただけで、他の支度は済んでいるんですよ。……岩崎様でほぼ決まっていたころに選んだものばかりですが、諏訪様が手っ取り早いからそのままでいいとおっしゃってくださって」

（手っ取り早い……）

（――それだけ早く椛を手に入れたいから？）

（あの人は、本当に椛のことを好きになったのだろうか）

（俺のことを好きだって言ったのに？）

楽しげな二人の笑い声が耳に蘇る。

廓を出て関係が終わっても、椛を通して諏訪と繋がっていられると思った。諏訪がただ一人の誰かのものになるくらいなら、椛を通じて彼の一部を共有しているつもりになりたかった。

けれども彼が他の誰かを好きになったのかもしれないと思っただけで、心臓が押しつぶされるように痛い。それが椛であってさえ。

（……覚悟はしていたはずなのに）

諏訪が昔遊び人だったことも知っているし、藤野の許へ通うようになってからだって、口ではなんと言おうと婆婆に女はいただろう。それでも、ただ想像しているのと、現実に相手を知っているのとではまるで違った。昔堪えられたのは、どうせすぐに終わると思うことができたのと、抱かれたことがなかったからだ。でも今は、彼の腕も胸も知っている。あの手でどんなふうに相手にふれるのかも。

（自業自得だ）

他人を自分のために利用しようとしたからだ。椛のためなんて言いながら、本当は自分のためだった。

「……最初に聞いたはずですよ。動き出したら、もう止めることはできないと」

黙り込む藤野に、鷹村はため息とともに言った。

（何をやってるんだろう……俺は）

泣いたってどうにもならないのに、じわじわと涙が滲《にじ》んでくる。

藤野は顔を隠し、自分の本部屋へ駆け戻った。奥の間へ飛び込み、背中でぴしゃりと襖を閉ざす。

そして畳に崩れ落ちた。

（……最初から手紙なんか書かず、再会することもなければ、こんなに苦しい思いをすることはなかった……？）

そのかわり、楽しかった時間もすべてなかったことになってしまう。諏訪に好きだと言ってもらったことさえもだ。

（……だめだ）

小さく首を振る。

会わなければよかった、と思うことは、藤野にはやはりできなかった。

やがて見世清掻きの音が聞こえる頃になっても、藤野は張り見世に出るのも、それどころか何をする気にもなれずに、ぼんやりと座り込んだままでいた。心は千々《ちぢ》に乱れ、何一つ落ち着いて考えることもできなかった。

気がついていないのか、今夜くらいは同情して大目に見てくれているのか、鷹村も咎めなかった。

けれど張り見世をさぼることはできても、藤野を指名して登楼しようとする馴染み客まで拒むことはできない。

「——藤野」

呼びかけられ、はっと顔を上げれば、諏訪がいた。

「諏訪様……」

こんな日に登楼するなんて、何を考えているのかと思う。

(椛の水揚げが決まったっていうのに。——しかも明後日)

彼の伸ばしてくる手を、藤野は思わず振り払った。

諏訪はかまわず、傍へ腰を下ろす。そして言った。

「椛ちゃんの水揚げ、決まったよ」

「……」

「知ってたみたいだな」

藤野は黙り込んだまま、唇を開く気持ちになれなかった。

「喜んでくれないの？　おまえが希んだことだろう？」

それでも促され、答えなければ負けるような気がした。

「……おめでとうございます」

「ありがとう」

いつもどおりのやわらかな声が、気に障《さわ》ってたまらない。椛の水揚げをさせようとした藤野のことをあれほど怒っていたくせに、決まればやはり嬉しいのだろうか。

「……よく来られましたね」

気がつけば、押し殺したような言葉が漏れていた。

「ん？」

「椛の……椛に悪いと思わないんですか？」

水揚げの前々日に、他の娼妓の部屋へ登楼るなんて。

「別に？」

「……椛が好きなんでしょう」

「ええ？」

諏訪は軽く笑った。

「そりゃあ水揚げを決めるくらいだからね。可愛いと思ってるよ。素直で、やさしいし」

その言葉に、藤野は胸を抉《えぐ》られる。素直でやさしい――それは自分にはない資質だ。

「何、妬いてるの？」

「……まさか」

藤野はできるだけ平静を装って答えるけれども。

「ここは可愛く妬いてみせるところだろ」

「……っ」

指摘されてみれば、たしかにそのとおりだった。傾城らしく演技してみせるべきところだ。でも、とても上手くできそうにない。

「……藤野」

諏訪は藤野の髪を掻き上げ、顔を覗き込んでくる。

「おまえが泣いて頼めば、今からでもやめるかもよ……？　言ってみれば？」

「馬鹿なこと……っ」

今さらできるわけもないのに。

「ああ、そう」

諏訪は藤野の腕を摑むと、そのまま褥に押し倒してきた。

「やっ……」

藤野は逃げようとした。諏訪を拒もうとするのは、初めてのことだった。今までは、どんな乱暴をされても拒否したことはなかった。身体だけでも繫がることができるのが嬉しかったからだ。

「めずらしいな。ま、こういうプレイもたまにはいいけど」

諏訪は藤野の両手を頭の上で一纏《ひとまと》めに摑む。そしてもう片方の手で自分のものを取り出すと、慣れた手つきで潤滑剤の蓋《ふた》をあけ、そこへ垂らした。

藤野の白い脚を抱え上げ、押し当てて、隘路へずぶずぶと突き立てる。

「……っあぁぁ……っ」

藤野はきつく眉を寄せ、喘《あえ》いだ。

潤滑剤を使っただけで、ろくに慣らしもしていない。

こんなふうに抱かれたことは、以前にはほとんどなかった。いつもはたいてい藤野のほうが主導権を握って、諏訪を愉しませようとしていた。

けれども身体はひどい抱きかたにも慣れ、挿入《そうにゅう》したまま乳首を弄《いじ》られると、中がきゅうきゅう引き絞《しぼ》るのがわかる。

「んんっ――」

「……ここ気持ちいい？」

「っ、ん……っや、そこ……っ」

「弄ると凄い締まるんだけど」

「……っ……」

藤野の中心はすぐに反応を顕《あら》わにしはじめていた。諏訪はそこにはわざとふれずに、体内に深く埋めたものだけを動かす。中をさぐるように、感じるところを擦り上げる。

「あぁ……はぁ……っ」

「……ここ？」

「……っう……っあぁ……っ」

やわらかい襞をぐちぐちと掻き回されれば、気持ちがよくて、声をあげずにはいられなかった。

「あ、あ、あぁ、あん……っ」

「……そんな声、出せるんだ。演技って言っても、区別がつかないな」

「……っ……」

藤野は首を振った。ぱさぱさと髪が音を立てる。演技のわけがないだろう、と思う。でもそのことに気づかれたくはない。最後まで、本当の気持ちは秘密にしておかなければならない。

（最後まで……）

残された時間はごくわずかだけれど。

「もっと聞かせて」

囁いて、奥へ突き立ててくる。

「あぁ……っ」

藤野は高く声をあげ、その途端、目尻から涙がこぼれた。

「……っ」

「気持ちいい？」

諏訪は快楽がもたらした生理的な涙だと思っているだろう。彼は藤野の身体をほとんど折り曲げるようにして、抽挿《ちゅうそう》を繰り返した。

「あぁ……あぁ……っ」

送り込まれれば、肉襞が深く屹立を咥え込み、絞り上げてしまう。はしたなく纏わりついていく中を意地悪く引き抜き、ごく浅いところからまた突いて。

「や……ぅうっ……ぅぅっ、……っあぁぁ……っ」

何かされるたびに身も世もなく喘ぐ。性器からはだらだらと雫が溢れていて、自分ではどうしようもなかった。もっと奥まで欲しくて、腰を浮かせて押しつける。

「あ、あ、いく……イく……っ」

藤野は口走る。もう、何を言っているのかよくわかってはいなかった。何も考えずに、快楽に溺れる。

「さわられてもいないのに、イくの？」

苛めるような問いかけにも、素直に頷く。

「ん……そこ、気持ちい……っ、奥……っ」

いく、と思った瞬間、諏訪は手を伸ばし、濡れて張りつめた藤野の根元をきつく握りしめてきた。

「ひ……あああぁ……っ」

藤野が悲鳴のような声をあげる。背をしならせ、そして褥に沈みながら身を震わせる。

「はあ……ああ……」

酔ったように喘ぐ。辛くてたまらないのに、それもまた悦びのみなもとになる。

「……ひどいことされても感じるのか。やらしい身体してるよな」

「……っ……そっち、こそ……っ」

どれほどいやらしく責めるのかと言い返す。

「へえ……まだそんな口がきけるのか」

諏訪は堰《せ》き止めたまま、貫き、更に揺さぶってくる。

「あ、あ、あ……！」

藤野はされるがままに喘ぎながら、ようやく自由にされた手を諏訪の背に回し、強く爪を立てた。

このまま、放したくなかった。

障子の閉まる小さな音で、はっと藤野は目を覚ました。

薄暗い奥の間の中で、椛が行燈に油を差している。行燈の油を足すのに託《かこつ》けて、廻し部屋へ行く頃合いを教えるのもその役割だった。たいていは禿が務めるが、今夜は椛が回っているらしい。

「……今、お帰りになられました」

諏訪の姿を探して見回せば、椛は言った。

またか……と、藤野は思った。最近、大門まで送ることが少なくなっている。苛むような抱きかたに、なかば意識を失うように寝入り、そのあいだに諏訪は帰ってしまうからだ。

(また送れなかった……)

義務であるという以上に、そうしたかったけれど。

「あの……」

遠慮がちに、椛が口を開く。睨《ね》めつけてしまいそうで、藤野は視線を向けることができず、そんな自分への自己嫌悪が押し寄せてくる。別に何も、椛が悪いわけではないのに。

「小寺様がお見えですけど……」

椛は下の座敷に待つ客の名を告げる。諏訪の役に立つ情報が拾えるかもしれないと思って馴染みにした、政治家とのコネを多く持つ大手建設会社の部長だった。

けれどこんな状態では、もうそのことにどれほどの意味があるのだろう。

「……すぐにいくから」

「はい」

それでも答えると、椛が頭を下げ、部屋を出て行く。

起き上がることさえ厭《いと》わしいほどの重苦しさを覚えながら、けれどいくら心が暗然としていても、仕事をしないわけにはいかなかった。

それに実際、何もしないでいるよりは、気が紛《まぎ》れるかもしれないとも思う。何も考えたくなかった。

藤野はひどい眩暈を覚えながら身を起こした。

涙のせいで腫れたようになった顔を軽く洗い、簡単に身繕《みづくろ》いをする。本部屋を出て、ふらふらと階下へ向かった。小寺は見世を接待に使うことが多く、宴会のあと部屋へ登楼ることが多かった。

(宴会か……)

明るい顔をして侍らなければならない。

更に気が重くなりながらも、襖に手をかけようとする。そのときだった。

「――ここだけの話、あの坊ちゃんをちょっと痛い目にあわせてやろうかと思ってるんですよ」

（……⁉）

漏れ聞こえてきた科白に愕然《がくぜん》とした。

坊ちゃん――というのは、諏訪のことではないだろうか。

顔が取り柄の若い三世議員として、一部でそういう呼ばれかたをしているのを、藤野は知っていた。

（痛い目って……？）

室内には、会話をしている二人しかいないようだった。宴会というより、密談に使われているらしい。たしかに宴会を開くにしては遅い時間になっていた。

藤野は耳をそばだてた。

「縁談が纏まってしまえば、今まで以上にこっちはやりにくくなる。なんとか横やりを入れられないかと今までいろいろやってみましたが、どうもね……」

「何をするつもりです。警察沙汰になるのはちょっと」

「なに、大丈夫ですよ。警察にも知り合いはいるし……それに何より、娼妓を取りあっての刃傷沙汰《にんじょうざた》なんて、吉原ではよくある話です。突っ込んだ捜査なんてされるわけがありません。人死にならまだしも、あの綺麗な顔が二目《ふため》とみられないようになる程度ならね」

「また面白いことを考えたようですな」

「まあねえ」

（──あの人を襲う気なんだ……！）

藤野は立ち尽くした。具体的な方法はわからないが、彼らは諏訪を狙っている。

（たぶん人を雇《やと》って、刃傷沙汰を装って……）

「醜聞《しゅうぶん》になるでしょうな」

「勿論、そんな醜聞が出れば、ご令嬢も諦めがつくでしょう。ましてや、顔がすっかり変わってしまったとなればね」

襖の向こうの二人は、声を揃えて笑った。

（止めなきゃ。どうにかしてあの人に知らせないと）

「だけど大見世の中には簡単には入れないでしょう」

「まあね。それに邪魔も入りやすいですからね。見世の外に出たあとを狙うほうが上手くいくでしょう。……調べさせたところ、諏訪は紋日にはたいてい登楼しているようだし、待ち伏せするのも楽というもの……」

（え……紋日って？）

藤野は、諏訪に紋日に登楼するよう、特にねだったことはない。紋日に当たることが多いのは、まめに来ているから偶然被っているのだと思っていた。──でも、もしかしたら彼は、紋日には敢《あ》えて登楼るようにしてくれていたのだろうか？

そのことに自分が気づかなかったのだとしたら、どれほど鈍《にぶ》いのだろう。

(――そういえば、今日もちょうど紋日……)

諏訪は登楼し、つい先刻帰ったはずだった。

(まさか今夜)

その可能性に気づいた途端、藤野は弾かれたように踵を返し、走り出していた。

「藤野……!? どこへ」

擦れ違った鷹村の言葉も気にしない。重い仕掛けは途中で脱ぎ捨て、裸足のまま見世を飛び出した。

仲の町通りへ出ても、諏訪の姿は見つからなかった。既に吉原の外へ出てしまったのだろうか。

大門へ向かって走りながら、やはり送るべきだったと後悔しても遅い。目が覚めなかった自分をこそ刺してやりたかった。何ごともなく帰れたのならいいけれども――。

(あ……!)

門のすぐ外に、諏訪の姿を見つけたのはそのときだった。

無事だったことに、藤野はほっとした。彼らの計画が実行されるのは、今日ではなかったのか。

足を緩《ゆる》めかけ、だが次の瞬間。

「あっ――」

液体の入った罎《びん》を持った男が、諏訪に向かって突進していくのが視界に飛び込んできた。

それがなんなのか、よくわからなかった。ただ先刻の小寺の言葉が耳に蘇る。

――あの綺麗な顔が二目とみられないようになる程度ならね
藤野は再び駆け出した。咄嗟のことに、監視人たちが反応できずにいるうちに、大門を駆け抜ける。

「あ……足抜けだ……!!」

そんな叫びが背中を追ってきた。

藤野は勢いのまま、渾身《こんしん》の力で男に体当たりした。

「うわ……!」

男の悲鳴とともに、頬から背中にかけて焼けるような痛みが走る。

「藤野……!?」

藤野はどさりと地面に倒れ込んだ。

「藤野……!!」

抱き起こしてくれる諏訪の声が、遠く聞こえる。藤野は薄く笑み、意識を手放していた。

7

（……？）

目を開けると、見覚えのない白い天井が見えた。蛍光灯と白いカーテン。糊《のり》の効いた硬い敷布《しきふ》の感触。見世とはまるで違う雰囲気だった。

（ここ……病院……？）

「……っ……」

身じろぎしようとして背中に引き攣るような痛みを覚え、小さく呻《うめ》く。同時に、何が起こったのかを思い出していた。

（……あの人に、襲いかかろうとしてる男を見て、大門を飛び出して）

諏訪はどうなったのだろう。

藤野は飛び起きようとして、諏訪が傍で眠っていることに気づいた。彼は傍の椅子に座り、藤野のベッドの腹のあたりに突っ伏《つぷ》して眠っていた。

「あ……」

（よかった……、無事だった……！）

諏訪が怪我をしているようすはない。そっと顔も覗き込んでみたが、傷は見当たらなかった。包帯を巻かれたり、綿布《めんぷ》を貼《は》られたりもしていない。

たしかめて、藤野は深く息をついた。寝台にほっと身体を長くする。

そのとき、諏訪が目を覚ました。

「藤野……っ！」

顔を上げ、藤野を見た途端、彼は声をあげた。

「……おはようございます」

そう言った瞬間、諏訪は脱力したようにため息をついた。

「おまえねえ、おはようじゃないだろ……！　なかなか目、覚まさねえし、どれだけ心配したと思ってんの!?」

「ああ……疲れてたんでしょうかね……？」

というより、睡眠不足だったのかもしれない。ここのところ、あまりよく眠れなかったから。

そう答えると、諏訪は再び脱力したようだった。

藤野はつい、小さく笑ってしまった。諏訪とこんなふうに普通に話すのは、ひどくひさしぶりだった。それだけでも心がふわりとあたたかくなった。

わずかな動きが傷に響き、息を詰める。

「よくこんなときに笑えるよな」

と言いながら、諏訪は藤野の頬にふれてきた。気遣《きづか》わしげな手の感触が、布越しに伝わる。顔にも包帯が巻かれているようだった。

「大丈夫？　痛む？」

「……多少は」

「痛み止め飲むか？　痛むようなら、って言われてるんだけど」

「大丈夫です」

じんじんするような痛みはあったが、耐えきれないほどではなかった。それよりも気になるのは、傷痕《きずあと》のほうだった。

あのとき暴漢にかけられたのは、塩酸――否、硫酸だろうか。

（塩酸……は、ないな）

彼らの目的は、諏訪の容姿を醜く崩すことだ。塩酸なら治すことができる。

（硫酸か……それに類するような薬品か）

おそらく治療には長い時間がかかるだろうし、傷は綺麗には消えないだろう。顔にも痕が残るかもしれない。

（まあ……不幸中の幸いというか、どうせ年季明けまでもう何ヶ月もなかったし、問題ないといえばないのか……)

裟婆で何か店をやるとしたら、あまり目立つようだと人前に出るのは差し障りがあるだろうか。もしそれほどのものになっているなら、もう一人雇わなければならない。

(……でも、記念になったな)

好きな男を守ることができた。

自分の顔より、諏訪の顔のほうが何倍も価値があると思うのだ。政治は顔でするものではないが、選挙に当選しなければ、政治家ははじまらない。国民の人気を得て選挙に勝つためには、容貌《ようぼう》の美しさも大切な武器になる。

(特にこの人の場合は……)

だからこそ、小寺も諏訪の顔を狙ったのだ。

「ありがとう」

と、諏訪は言った。

「おまえのおかげで無事だった」

そう言ってもらえることが何よりだ。藤野は微笑んだ。

「どういたしまして」

「藤野」

諏訪は藤野の手をぎゅっと握り締め、額に押し当てた。

「俺、どうしたらいい？　俺のために、おまえの顔……身体にもこんな大怪我させて……。俺にできることなら何でもする。最近は医学も発達してるから、根気よく治療すればほとんどわからないくらいまで治るって」

　諏訪の声は震えていた。ずいぶん恩に着てくれているらしい彼に、藤野は苦笑した。

「勝手にしたことですから」

「けど、俺のために」

「……ってほどのことじゃ……。たまたま見かけたから放っておけなかっただけで、誰でも同じようなことをしたんじゃないんですか？」

「そんなわけないだろ……！　相手、硫酸持ってたんだぞ⁉」

　諏訪は声を荒げた。

「そもそも、たまたまだって？　あんなところに？　あんな時間に？」

「……他のお客様を送って出たんです」

「あの場に客なんていなかった」

「逃げたんでしょう。巻き込まれたくない人は多いですし」

「あんな格好で？　客を送りに？」

　思い出してみれば、襦袢に裸足だったのだ。たしかに、普通ありえない。

「……そういうのが好きなお客様もいます」

藤野は苦しい言い訳をする。

「嘘つけ」

諏訪はごまかされなかった。

「襦袢はともかく、裸足だぞ？　ありえないだろ。こんな、足の裏がぼろぼろになって……！」

彼はそう言ったかと思うと、足許のほうの布団を捲《めく》り上げた。

「ちょっ……」

逃げようとする足をしっかりと摑まれる。そしてその爪先《つまさき》に、唇でふれられた。

「！」

そんなことをされるとは夢にも思わず、藤野は固まってしまう。諏訪は藤野の親指を舐め、足の裏にまで舌を這わせてくる。ぴりっとした痛みに、藤野は身を竦《すく》めた。

「ちょ、きたな……痛っ」

諏訪の手から足を引き抜こうとする。

「痛いですって……！」

「ほらな」

それ見たことかという科白とともに、諏訪はようやく藤野の足を放す。藤野はほっと息をついた。

たしかに、ありえないことだった。客とともにそっと歩いてきただけなら、ここまで足の裏が傷ついているはずがない。

「……」

ばつが悪く、藤野は黙る。

しかし少し冷静になって考えてみれば、狙われたことは諏訪自身にも知っておいてもらったほうがいいのだ。

再び襲われる可能性もある以上、警戒してもらわなければならないし、警察にも捜査してもらわなければならない。藤野の証言だけで、小寺たちを逮捕できるかどうかはわからないけれども。

「……立ち聞きしたんですよ」

藤野はため息混じりに、事情をかいつまんで話しはじめた。彼らが諏訪を襲う算段をしているのを、聞いてしまったこと。

「じゃあやっぱり俺のためじゃないか」

「……っていうか」

「認めろよっ、俺のためだって……！」

諏訪は藤野の言葉を遮った。そして覗き込むように問いかけてくる。

「……俺のこと、好きだよな？」

っと逸らす。

真っ直ぐに聞かれるとは思いもしていなかった。藤野はつい目を見開き、我に返っては

「……そりゃ……長いつきあいだし、情はありますよ。でも、他のお客様でも、放ってはおけなかったと思います」

「体当たりして守るとか？　誰が相手でもしたのかよ？」

他の誰かのために同じことができたとは、とても思えなかった。藤野だって自分は大事だ。娼妓として、容貌を守りたいという本能もある。とっさに身体が動いたのは、諏訪のためだったからだ。

けれどそんなことを言えば、諏訪が特別だと認めたことになってしまう。彼もまた、よけいに気にしてしまうだろう。

「……あんまり言いたくなかったんですけど」

「ああ？」

「考えてみれば警察にはどうせ話さないわけにはいかないから、言ってしまいますけどね。……あの男。硫酸持ってあんたに襲いかかった……」

ほんのちらりとだが、藤野は暴漢の顔を見ていた。そのことを、ここで持ち出す。

「俺の昔のお客様でした。……そんなに恨《うら》まれているとは思わなかったけど、たしかに少しひどい振りかたをしたかもしれません。そこにつけ込まれて利用されたのかも……。責

任の一端《いったん》は俺にもありますよね。だからあのとき放っておけなかったんです」

「それだけで、自慢の顔とか肌とか犠牲にしてまで？」

「……たしかに自慢でしたけど、もうすぐ年季も明けるんだし、そんなに綺麗である必要はないでしょ？」

「そりゃ……でも」

「意外と自惚《うぬ》れてるんですね」

引き下がらない諏訪に、藤野は笑った。

「じゃあ、貸しってことで」

「貸し？」

「俺が娑婆で店を開いたときには、たくさん貢いでくださいね」

にっこりと営業用の笑顔を向ける。もっとも、包帯だらけの顔ではどれくらい綺麗に微笑えていたかはわからないけれども。

実際諏訪の目は、痛ましいものを見るような色を帯びていた。

「そりゃ行くけどさ。毎日だって行くけど」

と、諏訪は言った。

店をやるとしてもなるべく遠くで、という考えを、藤野は変えてはいない。年季が明けたらそっと諏訪の前から姿を消すつもりだった。それでも、彼が約束してくれるのが嬉しい。

「――そういうことじゃなくて」

けれども諏訪は、もどかしげに続けた。

「おまえを、身請けしたいんだ」

「――え……!?」

「このまま見世には戻さずに、俺の家につれて帰りたい」

「……な……何言って……」

それ以上、言葉が出てこなかった。

言葉もなく呆然と目を見開いて、諏訪を見つめる。

藤野の脳裏に、馴染みになった夜のことが蘇ってきた。あのときも、諏訪は同じことを言った。それを藤野は一蹴したのだ。

以来、二人のあいだでその話が出たことはなかった。諏訪も軽い気持ちで言ったことを反省し、忘れたものと思っていた。なのにどうして今になって。

「……何言ってるんですか……冗談も休み休み言ってください」

「冗談じゃない。本気で言ってるんだ。――だいたいなんでそんなに驚くんだよ？　前に好きだって言っただろ？」

「それは……でも……」

何ヶ月も前の話だ。ひどい返事をしてしまったし、諏訪はもう心変わりしたのではないかと思っていた。それに第一、好きだからといって、身請けはまた別の話だ。

諏訪は藤野の手を握った手に力を込めた。

「通って夜会うだけじゃなくて、おまえともっと話したり、お茶飲んだり、碁を打ったりしたい。そういうの、悪くなかったと思わない？」

「……だったら、また泊まりでも流連でもしたらいいじゃないですか。もうあんまり時間はないけど、花代さえ払ってくれればいつだって」

この顔で、また見世に出してもらえるかどうかはわからないけれども。

「恋愛ごっこにつきあってくれる？」

「……ええ。喜んで」

「でも、俺はもう『ごっこ』じゃ嫌なんだ」

「馬鹿なこと……っ」

藤野は思わず悲鳴のように声をあげた。

「身請けっていうのは」

——俺のこと、一生面倒見たいほど愛してる、とかじゃないでしょうが。身請けっていうのは、そういう人が申し出るもんです
あの夜の言葉を再び口にしかけ、躊躇う。

藤野が言うより先に、諏訪が続けた。

「一生面倒見たいほど愛してる人が申し出るもの、——だろ。覚えてるよ」

「——……だったら」

「好きなんだ。軽い気持ちで言ってるわけじゃないからな。このまま別れたくない。ずっと一緒にいたい。浮気とかしないいし、いい恋人になれるように努力するから、俺と本当の恋人になって」

諏訪の言葉が、心にじんと響いた。嬉しくて、このまま頷いてしまえたら、どんなにいいかと思う。

(だけど……身請けなんて)

受け入れられるわけがなかった。

自分だけのものにはならない、近々妻帯《さいたい》するとわかっている男の愛人になることはできない。それに何より、自分の存在は、あらゆる意味で彼の利益にはならないとわかっているのに。

——遊廓の中のことについては、野暮なことは申しません。ただ、外ではちょっと。彼には今、いい縁談が進んでいるところですし……

中島の言葉が、藤野の耳に蘇る。

ましてや今は、顔でさえ諏訪の好むようなものではなくなっているだろう。縁談の相手より優れているかもしれない部分は、何もない。そして諏訪の言葉の中にはきっと、自分のために怪我を負った藤野に対する罪悪感も含まれているのだ。

藤野は首を振った。

「無理です、そんなこと」

「俺が嫌い？」

「……だから、それは……情はあるって言ってるじゃないですか……」

藤野は苦しい答えを返す。諏訪は深く吐息をついた。

「……ったく、なんで意固地《いこじ》なんだか。じゃあ、俺が本当に椛ちゃんの水揚げしてても平気だったのかよ？」

その言葉で、藤野ははっとした。動揺していたとはいえ、そのことが今まで頭から飛んでしまっていたのが信じられない。――先刻諏訪は、藤野がずいぶん長く目を覚まさなかったと言わなかっただろうか。

「――俺、何日眠ってたんです？」

「二日だよ。どうして？」

「――……」

ということは。

「……椛の水揚げは？」

とっくに済んでいることになるのではないか。

諏訪は軽く肩を竦めた。

「岩崎さんに持ってかれた」

「な……っ」

「今ごろは、もう全部終わってるんじゃやね？」

「そんな、……だって……っ」

諏訪で決定したはずではなかったのか？　それが今さら覆《くつがえ》るなんて、どうして。

「──ま、こうなるような気はしてたし、これでよかったんじゃね？」

「……って、いいわけないでしょ、直前になって……！　あんた平気なんですか？　こんな人を馬鹿にした──」

大きな声を出したせいで傷が痛み、藤野は呻いた。

「ほら、そんな興奮するから」

諏訪は喉で笑いながら、起き上がりかけた藤野の身体を寝台に戻した。

「いいわけないって言ったって、もう水揚げは終わっちゃってるころだからさ」

藤野は憤らずにはいられなかったが、既に終わってしまっているものは、たしかにどうしようもなかった。

身体の力が急に抜けていく。岩崎のことだから正攻法で奪ったわけではないのだろうが、諏訪も諏訪だった。脳天気なことを言って、なんとか防衛しようとは思わなかったのだろうか。藤野は吐息をつき、諏訪を睨んだ。

「……この甲斐性なし」

「ひでぇ」

「本当のことじゃないですか」

藤野は詰《なじ》ったが、諏訪は笑うばかりだ。

「でも、ほっとしただろ？」

正直に言えば、そういう自分を否定できなかった。けれども、諏訪の前で認めるわけにはいかない。

「誰が」

「――っていうかさ。おまえ、本当に椛ちゃんのこと、俺に水揚げして欲しかったの？本当に？」

「……っそう言ったでしょう。もともと俺が提案したことだったんだし――」

重ねて問い質され、藤野は目を逸らす。

「……椛ちゃんの旦那になることも、真剣に考えたんだ。今までおまえにたいしたことしてやってなかったし、俺を信頼して可愛がってる妓を託そうとしてくれたんなら――それがおまえの希みなら、叶えてやるべきなんじゃないかってね。でも、椛ちゃんとは何度も話して、いろいろあってもやっぱりあの妓は岩崎さんのことが好きなんだってわかったし――、俺も、やっぱおまえでなきゃだめだってわかった」

諏訪は繰り返した。

「身請けしたいんだ。年季明けが近すぎて身請けって感じじゃなくなったけど、おまえが頷いてさえくれれば、すぐにでも見世に話を通す」

「――だから、それは」

無理だと何度も言ったのに。

「……ありがとうございます。でも、俺なんかにはもったいなさすぎて」

身請け話を断るときの定型句を、藤野は口にする。諏訪は失笑した。

「おまえが『俺なんか』とか言うの、初めて聞いた」

「な……俺だって謙遜《けんそん》くらいします……！」

つい声をあげると、諏訪はまた笑った。けれどすぐに真面目な顔に戻る。

「どうしても俺に身請けされる気になれないって言うんなら、理由を――本音を聞かせてくれないか？　決まり文句でお茶を濁《にご》すんじゃなくて、本当の気持ちが聞きたい。長いつきあいなんだから、それくらいはいいんじゃないの？」

「だ……だから」

藤野は諏訪と視線を合わせていることができなかった。

「俺は誰にも身請けされるつもりはないし、娑婆へ出たら店でもやるつもりだって、前から――」

「店をやるななんて言ってねーよ。やりたければ出来る限り協力するし、縛《しば》りつけようとも思ってない。ただ俺の恋人になって、一緒に暮らして欲しいだけだよ」

「一緒に暮らす……⁉」

ついまた大声を出してしまい、顔の傷がひどく痛んだ。けれどそれさえも気にならない。

「何馬鹿なこと言ってるんですか……！　無茶です。無理」

「どうして？　何が馬鹿？」

「だ……だって……っ」

縁談がある身で、どうやって藤野と一緒に暮らすというのか。小さな家でももたせて囲うというほうが、まだありうる話だ。

「……世間体《せけんてい》とかあるでしょう、政治家なんだから。醜聞になったらどうするつもりですか。そういうの全部棒にふれるほど、俺のこと好きじゃないでしょう」

「好きだよ。棒に振ることになるかどうかは別として」

返ってきた言葉は、思いのほか真剣な口調だった。涙がこみ上げそうになるのを、唇を噛んで堪えた。そう言ってもらえることが、嬉しくないわけがないけれども。

「それに、おまえが中にいるあいだに、娑婆もずいぶん変わったと思うよ。偏見《へんけん》も減ったと思うし――」

藤野は首を振った。

「……でも、遊廓上がりの、しかも男と同棲なんて……」

「別に悪いことをするわけじゃないだろ。戒律《かいりつ》のある宗教の信者とかでもないんだし」

「だって人気商売でしょう⁉」

「まあ、たしかに否定できないけど」

諏訪は苦笑する。

「でもそれだけじゃなくて、政治は政策でするものだろ。それともおまえ、俺が男とつきあってるってだけで選挙に勝てなくなるような政治家だと思ってる？」

正直なところ、よくわからなかった。吉原で十年以上暮らして、娑婆のことにはすっかり疎《うと》くなってしまっているということもあるが、諏訪の支持層には、彼を一種のアイドルのように思っている女性層もずいぶん厚いと聞いていた。

「……不利になることもあるかもしれないし、たたかれたりするかも」

「そうなったら、それ利用して逆転ホームラン打つことを考えるよ。だから、おまえが心配しなくても大丈夫」

「……でも」

たしかに、諏訪ならそういう逆境も逆に利用してしまえるのかもしれないけど。

「あと何？」

諏訪はどこか駄々っ子を宥めるような口調になっている。そのことがとても不満だが、どう抗議したらいいかわからなかった。

「……縁談があるって聞いてますけど」

これを言えば、絶対に嫉妬していると思われる。実際そのとおりだが、できることなら何も知らないことにして、綺麗に別れたかったのに。

「ああ……」

やはり諏訪には心当たりはあるようだった。

「見合いはさせられた。断ったけど、なかなか諦めてもらえないみたいだな」

「……断り切れないんでしょう？」

と、藤野は言った。断ったつもりでも話が消えていないのだとしたら、そういうことではないのだろうか。

それでも、断った、という言葉に、小さく心が弾んだ。一応断ろうとしたということは、相手の女性を好きなわけではないのかもしれない……？

そしてそんなことを考えてしまう自分は、なんて馬鹿なのかと思う。

「……見世に妻子のいるお客様が登楼られるのはしかたないですけどね。中と外とは別ですし、こちらには選ぶ権利もそれほどあるわけじゃない。……でも、足を洗ったら、同じ土俵です。二股《ふたまた》をかけられて受け入れる気はありません」

「――なるほど。わかった」

諏訪は頷いた。

「だけど、俺はちゃんと断ったから。向こうが諦めてないのは向こうの問題で、俺には関係ない」

「そんな……」

藤野は困惑した。

「派閥の偉い人のお嬢さんだって聞いてますよ。勿体《もったい》ないと思わないんですか？　それにもしそんな縁談を断って、今後の不利になることでもあったら」

「あっても、そのときはそのとき。それに閨閥《けいばつ》に連《つら》なっても、いいことばっかかとは限らないだろ。しがらみが多いと、やりたいこともできないときもあるし」

「いいことのほうが多いんでしょう？　……それに今回の話が流れたとしたって、いずれはまた縁談があるでしょう。……そのときまでに別れていれば、問題ないのかもしれないけど……」

「はあ？」

諏訪は声をあげた。

「何言ってんの。おまえねえ、別れる前提でつきあって、とか言うわけないだろ」

「でも」

藤野が更に言い募《つの》ろうとしたとき、諏訪がまたふいに失笑した。

「な、何……」

藤野は眉を寄せる。諏訪は言った。

「いや。おまえ、気づいてる？」

「……何をです」

「さっきから、俺の立場とか都合のことばっか言ってんの。嫌いだからいやだって、一言言えば終わるの、わかってるだろうに」

「……！」

指摘され、藤野は絶句した。

そんなつもりはなかったが、言われてみればたしかに諏訪の指摘するとおりだった。

彼が途中から変に余裕を持って見えたのは、そのことに気づいたからだったのだろうか。

仮面が剝がれた藤野の顔を、彼は笑って覗き込んでくる。

「つきあいたくないのは、おまえが嫌だからじゃなくて、俺のためってこと？」

「そ——そんなわけないでしょ。自惚れないでください……！」

藤野は頭を背けた。頰が熱くてたまらなかった。

「じゃあ、俺のことが嫌いだからつきあえない？　俺がどんなに頼んでも？」

嫌いなわけがなかった。だけど、諏訪の提案を受け入れるわけにはいかない。すべり落ちそうな気持ちを必死で支えながら、藤野は答え倦《あぐ》ねた。

「……だって」

諏訪は好きだと言ってくれて、身請けしようとまでしてくれる。そのことは死ぬほど嬉しいけれども。

「あんたがそんなことを言うのは、罪悪感のせいなんじゃないんですか……？」

「罪悪感？」

「……最初に登楼ってくれたとき、俺のこと身請けして、たすけてくれるつもりだったんでしょう？　それができなかったから……」

拒んだのは藤野自身だ。諏訪は何も悪くない。にもかかわらず、彼が罪悪感を抱いているのではないかとは、ずっと思っていた。それにつけ込んでいるという自覚が、藤野にはずっとあった。

「そのうえ今回は俺が怪我なんかしたから、よけいに気になってるんでしょう？　でもこれは俺が勝手にしたことだし、あんたがそんなに気に病む必要はないんですよ」

「俺が罪悪感で身請けを言い出したって？」

「ええ」

「そんなわけないだろ……！」

諏訪は声を荒げた。

「いい加減、信じてくれない？　正直、何も感じてないって言ったら嘘になるかもな。けど、それで身請けしたいって言ってるわけじゃない。おまえのことが好きなのは、俺の本当の気持ちだよ」

「……だって、男が好きなわけじゃないでしょう？」

「五年も馴染んでおいて、その質問は今さら過ぎだろ」

諏訪はため息をついた。

「……って言ってもね、男じゃなくて、おまえが好きなんだよ。最初のうちは、花代を使うのがおまえのためなら、とかいろいろ考えてた部分もあったけどな、それだけであんなにまめに通えるわけないだろ。俺がおまえに会いたくて、どんなに忙しくて体力を削っても、大金かけてもいいと思うほどおまえといるのが楽しかったから、通ってきたんだ」

諏訪は真摯《しんし》な目をして語ってくれる。だめだと思うのに、藤野の胸は激しく揺れてしまう。

「おまえは？　五年前は、対象外だって相手にもしてくれなかったよな。今は？　今でもあのときと同じ気持ち？」

同じだと答えるべきだ。嘘などつきなれているし、いくらでも言えるはずだった。なのに、藤野にはできなかった。

「──藤野」

と、諏訪は呼びかけてきた。

「俺はね、家庭を持つなら両親のような家庭を持ちたいと思ってるんだ」

それはそうだろう、と藤野は思った。母親にしか会ったことはないが、話を漏れ聞く限りでも仲の良い夫婦であり、家族であるようすが感じられたものだった。諏訪の持つ明るい傲慢《ごうまん》さのようなものは、愛されて育った者独特のものなのではないかと思う。

「ええ」

「両親は政略結婚だったけど、相性がよかったのか、とても仲が良かった。家庭円満で俺や弟妹たちのことも可愛がってくれた。両親がそんなだったし、どんな縁があるかもわからないから、政略結婚を否定するつもりはないんだけど」

ずん、と胸が重くなる。それをごまかしながら、藤野は言った。

「──そうでしょう、だから──」

「最後まで聞いてくれる？」

諏訪は藤野の言葉を遮《さえぎ》り、その手を両手で包み込んだ。

「けど、もう運命の人に出会ったから、俺にはおまえでないとだめなんだ」

藤野は思わず目を見開く。

「……運命の人？　俺が？」

に」

「うん」

「……どうしてそんなことがわかるんですか。あんなにいろんな人とつきあってたくせ

「だからわかるんだよ」

諏訪は苦笑した。

「運命だって思ったのは、おまえだけだから。――『ごっこ』じゃなくて、おまえとちゃんとした恋人になりたい」

てのひらの温《ぬく》もりとともに、彼はやさしく笑いかけてくる。

「……椛ちゃんはさ、娼妓にもまことはあるって言ってたよ。おまえの本当の気持ちを、俺にくれないか」

胸が詰まり、泣き出しそうになるのを、藤野は堪えようとした。諏訪に泣き顔を見せたくはなかった。

「……こんな傷があってもいいんですか？」

「俺のための傷だろ。治るまで毎日接吻するよ」

傷に接吻する諏訪のやわらかな唇の感触を思い描いた途端、ぼろっと涙が零れた。一度堰を切ると止まらなかった。

「……っ……」

「藤野」

諏訪が驚いたような声で名を呼んだ。寝床の中以外で彼の前で泣いたのは、これが初めてのことだった。

覆い被さるようにして、諏訪はそっと抱き締めてくれる。

その腕の中で、藤野は頷いた。

年季明けを待ってひっそりと見世を去るつもりだったのに、諏訪にどうしてもと押され、治療が一段落ついたころに、別れの宴を張ってもらった。

宴には、中島も顔を出した。

どんなにか詰られるだろうと思ったのに、彼は藤野を責めたりはしなかった。諏訪を暴漢からかばったことで、ある程度藤野を認める気になったようだ。中島にとっては、一種の借りになっているのかもしれなかった。

——それにどうせ坊ちゃんは、言い出したら聞かないから

だから藤野のほうから身を引かせようとしていたらしい。

——坊ちゃんの粘りに負けてしまいましたがね

鷹村は、上機嫌でお祝いを言ってくれた。

——このたびはおめでとうございます。末永くおしあわせに

年季明け間近の妓をわざわざ身請けして、残り期間に応じた額とはいえ、見世は身請け金まる儲けに近い。当然かもしれなかった。

「年季明けを待てば、こんなに散財することもなかったのに」

宴がお開きになり、本部屋で二人きりになると、藤野は言った。

「それでもしたいもんなの。——それに」

諏訪は設《しつ》えられた褥にごろりと寝転がる。諏訪の上着を衣紋掛けに掛けて戻る藤野に手を伸ばしてきた。

「もう一日も待ちたくなかったし」

それほど求めているのだという科白に、藤野はぽっと目許を染めた。

引き倒され、唇を重ねる。誘われるままに何度も角度を変え、舌を絡める。ざらりとぬめる感触に、背中が震えた。

「……上手になったよな」

藤野の濡れた唇を親指で拭いながら、諏訪は言った。

「そういえば椛ちゃんに聞いたんだけど」

「え？」

「他の客には接吻させたことなかったって、ほんと？」

「……!!」

その瞬間、ぼっ、と顔に火が点《つ》いたような気がした。

「そっ、そんなわけないでしょう……っ、俺は色子ですよ……!?」

と、いくら言っても、今の反応で白状したも同じだった。咄嗟のことで、素で受けてしまった。

逃げ出そうとするのに、諏訪は手を握って放さない。彼の上に跨ったような格好で、藤野は動けなかった。

「どうして？」

「だからそんなわけないって……」

「じゃあ手紙は？」

「手紙？」

「最初に手紙くれただろ。営業の。俺に出したのは、他にも何人かに出したうちの一通だった、って言ったよな。――でもあれ、本当は俺だけだったんだって？」

（椛……！）

そんなことまで喋ったのかと思わずにはいられない。椛としては、よかれと思ってしたことだったのだろうけれども。

「違うって言ったでしょう……っ」

「じゃあ、他に誰に出したの」

「……」

藤野は口ごもった。下手な名前を出せば、その男が見世に登楼っていなかったことは簡単にばれてしまう。では実際の客だったうちの誰かを、手紙の営業に引っかかった相手だと偽《いつわ》るか――でも、誰を？

適当な客が浮かばなかった。かといって、手紙を出しても誰も登楼してくれなかったと思われるのも、なんだか悔しい。

「藤野」

諏訪に呼ばれ、思考を遮られる。

「もう、俺たち恋人同士になったんだろ。明日から一緒に暮らすっていうのに、意地を張ることもないいんじゃないの？」

（……。そうか……）

そう言われてみれば、たしかにそうなのかもしれなかった。気持ちはもう知られているのに、今さら手紙のことだけを隠してもしかたがない。

藤野は吐息をついた。

「……おっしゃるとおりですよ、たしかに」

それでも顔を上げられないまま答えれば、諏訪はにこりと笑った。

「じゃあ、接吻も？」

「……まあ」

ひどくばつの悪い思いをしながら頷く。

「どうして？」

「どうしてって」

かっとまた頬が熱くなった。他の男とはしたくなかったからだ。理由なんて決まっているのに、わざわざ言わせようとはずいぶん意地悪だと思う。

「どうして俺とだけなのか、言ってくれよ。一回くらい、本気で」

「……」

藤野は目線で彼を責めた。嘘でならいくらでも繰り返してきた科白が、何故だか本気だとこんなにも唇から出てこない。

「最初、惚れたほうが負けのゲームだって、おまえ言ったよな」

「……ええ」

「どっちが負けたことになるのかな、これって」

「――……そんなの」

最初から藤野の負けに決まっている。好きだから手紙を出したのだ。ほんの子供のころから、諏訪のことが好きだったから。もう一度だけでも会いたくて、あわよくば抱き締めて欲しかった。

わかっているくせに、彼は聞く。

「……狡《ずる》いですよ」

「そ?」

諏訪は笑った。

「じゃあさ、名前で呼んでくれる?」

——惚れたほうが負けってことで
あのときたしかにそんな約束をしたのだった。藤野が負けたらそのときは、名前で呼んであげます、と。

約束は約束だった。破るわけにはいかない。

藤野は、たったそれだけのことにひどく照れながら、唇を開いた。

「……芳彦さん」

口にした途端、胸が一杯になった。本当は自分のほうこそ、隔《へだ》てをなくして昔のようにそう呼びたかったのだと、今さらのように藤野は思った。

「——……」

呼ばれることはわかっていただろうに、諏訪は驚嘆《きょうたん》したかのような顔をしていた。それがやがて微笑に変わる。

「ほんと、ひさしぶりだな。……やっぱ感動する」

「……ばか」

頬が熱くてたまらない。

「俺も眞琴って呼んでいい？」

「……ご自由に」

可愛くない言いかただが、それだけでもひどく気恥ずかしい。

「まったく、可愛くないんだか可愛いんだか。昔はもうちょっと素直だったのにな」

……たしかに可愛げがなさすぎただろうか。

「昔の俺のほうがよかったですか？」

「ええ？」

「……椛のことだって、素直だとか言ってほめてたでしょう」

諏訪は笑った。

「ま、たしかに素直じゃないけどさ。どっちもおまえだし、こんな可愛くない子が可愛くてたまらないっていうんだから、ほんと惚れてるんだよねえ」

諏訪は頬へふれてくる。ますますそこが熱を持つ。まだ完全には癒《い》えていないその部分は、宴のあいだは髪と白粉《おしろい》で隠していたところだった。

「熱くなってる」

「……傷のせいです」

「はいはい」

諏訪は苦笑した。そしてやや問いかけるように語尾を上げて、囁く。

「……眞琴」

「……っ……」

ただ、名前を呼ばれただけのことが、睦言のように耳に響いた。またじわりと涙が滲みそうになった。

諏訪は藤野の髪をそっと撫でた。

「本当はさ、負けたのは俺かもしれない」

「え……？」

「子供相手に、そういうふうに考えたことはなかったけどさ。……やっぱおまえは昔から俺の特別だったと思うよ」

「芳彦さん……」

声が震える。泣き顔を隠すように彼の胸に顔を埋める。一度涙を見せてしまったら、なかなか前のようには自分を律《りっ》することはできないようだった。

そして藤野は言った。

「……俺のほうが、ずっと前から、愛してますよ」

顎に指をかけられ、伏せていた顔を仰向《あおむ》かされる。

唇が重なってきた。


淡い灯りの中に、衣擦《きぬず》れと濡れた接吻の音が響く。

「……俺がこんなに上手にしたのかと思うと、なんかよけいにぞくぞくする」

藤野を見下ろして、諏訪は囁く。

「……ばか」

襦袢を脱がしながら、唇で肌をたどられる。火傷《やけど》の治療中はずっと入院していたから、本格的に身体を重ねるのは、ひどくひさしぶりだった。

「……あまり見ないでください」

まだ肩口に残る引き攣《つ》れを隠そうとするが、諏訪はやんわりとその手を剝《は》いで、傷を執《しつ》拗《よう》に舐めた。

「……っ」

「痛い？」

「……っいえ……」

ぴりっとした感覚は、痛いというよりも何故だか性的な刺激に近かった。

唇は傷痕から乳首へ降り、さらに下へと降りていく。以前にも同じように乳首を舐め回されたことはあったけれども、もっと広範囲で、しかもしつこい。

（いや……丁寧っていうのか）

全身を舐めては吸われ、藤野は次第にぼうっとしはじめていた。

「あッ……」

片脚を抱えられ、内腿に吸いつかれて、思わず声を漏らす。すべてを見られるのが、ひどく恥ずかしい。藤野の中心は既に芯を持ちはじめていた。

「ん、なとこまで……っ」

「肝心なとこだろ」

と、諏訪は内腿を吸い上げる。

「俺のものだってしるし」

「……っ」

……こんなにもあちこち吸っているのは、しるしをつけるためだったのだろうか。

「わざわざしなくても……これからは」

諏訪一人のものなのに、という言葉を、思わず唇の中に呑み込んで、藤野は赤くなる。

「それでも記念だし。綺麗な肌に俺のつけた痕が残ると興奮する」

諏訪がもう一度付け根を強く吸うと、藤野のものはぴくりと反《そ》り返ってしまう。諏訪はそれを唇に咥えた。

「ぁあぁっ……」

やわらかく湿った舌に包まれる感覚に、喘ぎが零れる。

「や……っ、そんな、とこ……っ」

いくら好きだと言われても、諏訪が男のものを抵抗なく口に含んでいることが、信じられない。藤野は首を振り、諏訪の髪を摑んで退けさせようとしたが、彼は放そうとはしなかった。

「だめ……っ」

「どうして」

「……っ……んっ……！」

咥えたまま、くぐもった声で諏訪は聞いてくる。その舌の不規則な動きが、藤野の局所をひどく刺激した。

「けっこう可愛いよな。咥えてみると」

「なっ……ぁあ……っ」

どういう意味なのか聞こうとしたが、言葉にならなかった。そのままるで飴玉《あめだま》のようにしてしゃぶられる。諏訪に頰張《ほおば》られているというだけでも強すぎるくらいの刺激なのに、口腔《こうくう》の中で巧みに弄《もてあそ》ばれ、藤野はすぐに我慢がきかなくなる。

「だめ、だめ、放し……っ」

必死に堪えて、首を振る。限界をさまよって、辛くてたまらないのに、物凄く気持ちがよかった。

「あ、でるぅ……っ」

背中を反らし、敷布を握り締める。

「出していいよ」

「あぁっ、あぁっ、あっ――」

吸い上げられて、目の前が快感で白くなる。

「あぁっ――」

藤野は吐精した。溢れるそれを、諏訪は呑み込む。恥ずかしくてたまらないのに、止めることはできなかった。

ぐったりと褥に身を横たえ、荒い息をつく。快楽の余韻《よいん》はまだ藤野の身体を覆っている。

「……飲むなんて……」

顔を上げた諏訪を恨《うら》みがましく見上げれば、

「おまえもいつも飲んでるだろ」

と、彼は返してきた。

「……そうですけど……」

藤野がするのと、諏訪がするのとでは違うと思う。否――違っていたのだ。でも、同じなのだろうか、これからは？

「……俺にもさせてください」

と、藤野は言った。されるばかりでは落ち着かないし、それより何より、自分から諏訪にさわりたくてたまらなかった。藤野の身体を弄り回したいと言ったときの諏訪もまた、こんな気持ちだったのだろうか？

「じゃあ、上に乗ってくれる」

「ええ。——えっ？」

答えた途端、力が抜けている隙を突くように抱えられ、身体をひっくり返される。かと思うと、あっというまに両脚で諏訪の頭を跨《また》ぐような姿勢を取らされていた。そして目の前には、諏訪の下半身——屹立がある。

「ちょっ——この格好……っ」

逆向きになって互いに奉仕《ほうし》する。……したことがないとは言わないが、後ろの窄《すぼ》まりまですべてを諏訪に晒《さら》しているかと思うと、消え入りたいほど恥ずかしい。けれど抗議しても、彼は目で笑うばかりだった。

萎《な》えたものを再び咥えられ、軽く吸われれば、すぐにまた頭を擡《もた》げてしまう。体勢にひどい羞恥は覚えても、自分だけ愛撫しないわけにもいかず、藤野は目の前にある諏訪の陰《いん》茎《けい》を咥えた。

それは咥えるのが辛いくらいに怒張《どちょう》していて、自分の身体にふれることでこうなったのかと思うと、愛《いと》おしさがこみ上げてくる。

諏訪は前の部分だけではなく、後ろにも舌を這わせてきた。

「……やっ、ん……っ」

避けようとしても、両腿《りょうもも》をがっちりと摑まれていて逃げられない。諏訪は更に舌を突き立てて、中まで舐めてくる。

「嘘……っ、やぁ……っ」

死ぬほど恥ずかしくて、抵抗があるのに、気持ちがよくて身体に力が入らなかった。襞《ひだ》を解《ほぐ》されるたび、腰が溶けそうになる。諏訪は指を挿《さ》し入れて後孔《こうこう》を広げ、更に奥まで舌を突き立ててくる。

「あ……っ」

異様な感覚に、ぞわっと鳥肌が立った。

中を弄りまわされて、奉仕するほうはすっかり疎《おろそ》かになっていた。もう諏訪を悦《よろこ》ばせるどころではなく、咥えているのが精一杯だった。

「んぅっ、ふっ……んぁ、あ、あ……！」

「もっかいイっとく？」

揶揄うように問われ、藤野は首を振るばかりだった。

「も、はやく……っ」

自分だけ二度も先に達《い》けるものではない。堪えようとする藤野に、諏訪は苦笑する。

「……ま、落ち着いたらおまえだけ、十回ぐらい達かせてみたいけどね」

「何、言って……」

皆まで言わないうちに、褥の上に押し倒された。両脚を抱え上げられ、後孔にあてがわれる。

「……このまま呑み込める?」

藤野は頷く。やわらかくなった孔《あな》に、切っ先がずぶずぶと入り込んできた。

「っ……あぁ……っ」

藤野が小さく息を詰める。

「……痛い?」

「……っいえ……」

「だよな。——痛かったら言って」

奥深くまで咥え込まされ、諏訪の肩に縋って堪える。突き出すかたちになった胸に、諏訪の唇が触れた。

「あぁっ……」

彼は尖り切ったそこを舐め、甘噛みしながら、先端で中をゆるゆると探りはじめる。

「あぁ……っ……っぁ……」

「……どこらへん?」

気持ちいい場所を聞いてくる。

「……っ、いいから、好きに動い……っ」

「もっと奥？」

藤野の言葉をかわし、諏訪は腰を回すようにしてゆっくりと出し入れした。その欲望に、自らの襞が絡みついていくのがわかる。

「ん……っ、ん、……っ」

ときおり首を振れば、長い黒髪がぱさぱさと音を立てた。自然、腰が誘うように浮いて揺らめく。

「……っ……ふ」

「凄いな……俺のが出入りしてるとこ、いやらしくて。広がって、いっぱいになって……」

「あ……っ」

抜き差しされるうち、孔の中の一番敏感な部分を掠められ、藤野の身体がびくんと跳ね上がった。

「……ここだよな？」

諏訪は言いながら、先端で捏《こ》ねる。

「……あぁぁっ……！」

「たしかに、ちょっと違う感じするんだよな、ここ……ちょっと腫れてるっていうか……特に前が勃《た》ってると」

「ひあ……っ、あぁっ、あ……っ」

「気持ちいい？」

「……っ、あ、あ……！　そこ……っ、だめ、あ……！」

ぐりぐりと押し当てながら、再び乳首に唇を落としてくる。舌先で転がすように舐め、軽く歯を立てる。そしてもう片方を指で捏ねながら、片方の手で性器を擦る。

「ひ、そんな……っ」

一度に乳首と性器を弄られながら突かれ、藤野はひっきりなしに声をあげた。

「あ、あぁ、あぁっ――」

中を侵《おか》す諏訪をきゅうきゅうと締めつけ、奥へ誘い込む。深く貫いてくる諏訪は、怖いくらい質量を増して感じられた。

「あ……あっ、……おっきい……っ」

「きつい？」

藤野は首を振った。

「いい……気、持ちい……っ」

「俺も。おまえの中、凄い気持ちいいよ」

「あぁっ、……っああ、も、……っ」

手を伸ばし、諏訪の背を抱き締める。諏訪もまた、藤野の腰を抱き、揺すり続けた。

「あぁ、ああっ、芳彦さん……っ」

中で一層諏訪のものが大きくなった。脚を彼の腰に巻きつけ、咥え込んだものをいっそう強く締めつける。

「眞琴……っ」

諏訪が藤野の——眞琴の名を呼び、最奥《さいおう》へ解き放つ。注ぎ込まれ、最後の一滴まで搾り取るように肉筒を収縮させながら、彼の腕の中で眞琴もまた昇りつめた。

あとがき

こんにちは。または初めまして。鈴木《すずき》あみです。

物凄くおひさしぶりになってしまいました。待っていてくださったかたがいらっしゃいましたら、遅くなって本当に申し訳ありませんでした。心配し、励ましてくださったかたには、心からありがとうございました。

そして花降楼《はなふりろう》シリーズも、なんとこの本で十冊目になりました……！　す、凄い……！　シリーズの最初のほうを書いていた頃には、まさか十冊も続けられるなんて思いもしませんでしたよ……！

これもここまで読んできてくださった皆様のおかげです。本当にありがとうございます。

初めてのかたも、一冊ずつ主人公を変えてのシリーズものですので、問題なくお楽しみいただけるかと思います。よかったら、よろしくお願いいたします。

ただ今作だけは、椛《もみじ》編『﨟《ろう》たし甘き蜜の形代《かたしろ》』と、時系列的に被《かぶ》る部分があるため、多少のネタバレを感じられるかたもいらっしゃるかもしれません。ご了承ください。

今回は、その椛編でちらっと顔を出していた、藤野《ふじの》とその上客、諏訪《すわ》さんが主役です。真実の恋を嘘に隠して遊廓《ゆうかく》の中ならではの恋愛をするお話。お楽しみいただけましたら嬉しいです。

樹《いつき》要《かなめ》様。いつもご迷惑をおかけして、本当に申し訳ありません。にもかかわらず、今回も素敵なイラストをありがとうございました。藤野が凄い妖艶《ようえん》で、諏訪さんがきらきらでうっとりです……！　十冊も続けることができたのは、樹さんが描いてくださったからこそです。これからも、どうぞよろしくお願いいたします。

担当さんにも、今回もいろいろとすみませんでした……。

さて、花降楼シリーズは、あとちょっとだけ続きます。そろそろ鷹村《たかむら》編を……（笑）リクエストくださった皆様、ありがとうございました。よかったらぜひ最後までおつきあいくださいませ。それではまた。

鈴木あみ

Hanamaru Bunko

作家・イラストレーターの先生方へのファンレター・感想・ご意見などは
〒101-0063 東京都千代田区神田淡路町2-2-2
白泉社花丸編集部気付でお送り下さい。
編集部へのご意見・ご希望などもお待ちしております。
白泉社のホームページはhttp://www.hakusensha.co.jpです。

白泉社花丸文庫
恋《こい》煩《わずら》う夜降《よぐた》ちの手《て》遊《すさ》び

2011年11月25日 初版発行

著　者　鈴木あみ ©Ami Suzuki 2011
発行人　酒井 俊朗
発行所　株式会社白泉社
〒101-0063 東京都千代田区神田淡路町2-2-2
電話 03(3526)8070(編集)
03(3526)8010(販売)
03(3526)8020(制作)
印刷・製本　図書印刷株式会社
Printed in Japan HAKUSENSHA ISBN978-4-592-87672-4
定価はカバーに表示してあります。

●この作品はフィクションです。
実際の人物・団体・事件などにはいっさい関係ありません。

●造本には十分注意しておりますが、
落丁・乱丁(本のページの抜け落ちや順序の間違い)の場合はお取り替え致します。
購入された書店名を明記して「制作課」あてにお送り下さい。
送料小社負担にてお取り替えいたします。
ただし、新古書店で購入したものについてはお取り替え出来ません。
●本書の一部または全部を無断で複製等の利用をすることは、
著作権法が認める場合を除き禁じられています。
また、購入者以外の第三者が電子複製を行うことは一切認められておりません。

好評発売中　花丸文庫

★一途でせつない初恋ストーリー！

君も知らない邪恋の果てに

鈴木あみ　イラスト＝樹 要　●文庫判

兄の借金返済で吉原の男の廓に売られる前日、憧れの人・旺一郎との駆け落ちに失敗した蕗苳。月日が流れ、店に現れた旺一郎は蕗苳を水揚げするが、指一本触れず…。2人の恋の行方は？

★遊廓ロマンス、シリーズ第2弾！

愛《め》で痴《し》れる夜の純情

鈴木あみ　イラスト＝樹 要　●文庫判

吉原の男遊廓・花降楼で双璧と謳われる蜻蛉と綺蝶。今は犬猿の仲と言われているふたりだが、昔は夜具部屋を隠れ家に毎日逢瀬を繰り返すほど仲が良かった。ふたりの関係はいったい…!?

好評発売中　花丸文庫

★遊廓ロマンス「花降楼」シリーズ第3弾！

夜の帳《とばり》、儚《はかな》き柔肌《やわはだ》

鈴木あみ　イラスト＝樹　要
●文庫判

男の遊廓・花降楼で働く色子の忍は、おとなしい顔だちと性格のため、客がつかず、いつも肩身の狭い思いをしていた。そんなある日、名家の御曹司で花街の憧れの的・蘇武と一夜を共にしてしまい…！？

★大人気、花降楼・遊廓シリーズ第４弾！

婀娜《あだ》めく華《はな》、手折《たお》られる罪

鈴木あみ　イラスト＝樹　要
●文庫判

花降楼でいよいよ水揚げ（初めて客を取る）の日を迎えた椿。大金を積んでその権利を競り落としたのは広域暴力団組長の御門だった。鷹揚に椿の贅沢を許し、我が儘を楽しむかのような御門に、椿は…！？

好評発売中　花丸文庫

★大人気「花降楼」シリーズ第5弾！

華園を遠く離れて

鈴木あみ　イラスト＝樹　要　●文庫判

吉原の男の廓・花降楼。見世で妍を競った蕗苳、綺蝶、蜻蛉、忍、椿たちは、深い絆で結ばれた伴侶と共に、やがて遊里を後にした。奈落から昇りつめた5人の、蜜のように甘く濃厚な愛欲の日々とは…!?

★男の廓・花降楼シリーズ、絶好調第6巻！

媚《び》笑《しょう》の閨《ねや》に侍《はべ》る夜

鈴木あみ　イラスト＝樹　要　●文庫判

売れっ妓ながら、ろくでなしの客に貢いでは捨てられてばかりの玉芙蓉。借金がかさみ、見世の顧問弁護士・上杉に呼び出される。男の趣味を皮肉る彼を、玉芙蓉は意趣返しに誘惑しようとするが…!?

好評発売中　花丸文庫

★話題の遊廓シリーズ、絶好調第7弾！

白き褥《しとね》の淫《みだ》らな純愛

鈴木あみ　イラスト＝樹 要　●文庫判

花降楼の色子・撫菜は、冷たい中にも優しさを垣間見せる男・氷瑞に惹かれる。「もし彼を虜にできたら、自由の身にしてやる」と楼主に言われ、彼に逢いたい一心で「ゲーム」を受けて立つが…!?

★大人気☆遊廓シリーズ、待望の第8弾！

愛《かな》しき爪の綾なす濡れごと

鈴木あみ　イラスト＝樹 要　●文庫判

娼妓でありながら仕事で抱かれることに嫌悪感を抱いた蜻蛉。見かねた遣り手の鷹村は売り出し中の俳優・水梨を登楼させる。だが、初会の座敷はライバルの綺蝶とその上客の東院も一緒で…!?